阿川大樹

終電の神様　殺し屋の夜

実業之日本社

実業之日本社文庫

終電の神様　殺し屋の夜

目次

第一話　殺し屋の夜

首を動かすことができない。

天井近くから流れてくるラジオの中でアナウンサーが叫んでいた。

ベイスターズがまたエラーで点を取られた。

「今日も負けだな」

「他の番組にしますか」

こちらの返事を聞く前に店主は手を休めて鏡に近づき、下を向いて端末を操作した。鏡に映ったその手にはスマートフォンらしきものがある。

ラジオは野球放送から落語に変わった。のんびりとした語り口が日曜の午後にはふさわしい。

「ストリーミングだったんだ」

「そうそう、ストリーミングっていうらしいですね。ネットでラジオや音楽が聴けるの。デジタルだかのおかげで便利になりました。雑音もないですしね」

「そこいらじゅうにあるデジタル機器がノイズを出すもんだから、昔ながらのラジオはそのノイズだらけで聞き辛くなっちゃったんですよ」

「ああ、そういうことですか。何十年使ってたラジオがよく聞こえなくなったんで息子に相談したら、もう使わなくなったやつだって古いスマホをよこして、これでラジオが聴けるっていうんでね。音も無線でスピーカーまで飛ばせるんだって。ラジオも古くなっていたし、ビルや住宅が建て込んで電波が届かなくなったのだと思ってました」

「ラジオの電波は中波といって波長が長いから、まわりの建物の影響はあまり受けないんだが、雑音には弱い」

「お客さん、お詳しいですね。そういうお仕事の方で……？」

そういうお仕事……。

店主はどういう答を待っているのだろう。

ふと悪戯心が芽生えた。

「まあ、いろいろな知識は仕事上必要なもんで」

「なるほど」

「実はわたし……」

ほんの少し間を取った。

「殺し屋なんです」

声にドスを利かせた。

店主は手を止め、おれが座るイスから離れていった。こちらは前を向いたまま、目の前の鏡のなかでその姿を追う。

再び近づいてくる気配。

「偶然ですね。実はわたしも同業でしてね」

低い声とともに首筋に冷たい金属が触れた。

目の前の鏡の中では店主が手に持ったカミソリをこっちの首筋に当てたまま手を止め、不敵な笑みを浮かべている。その眼差しは鏡のおかげで二倍に離れた距離にあったが、彼の手は確かに自分の首に添えられている。

体がこわばり、そのままほんの少しの間、どう反応したらいいか考えた。

「う、残念ながらこの体勢からでは勝ち目がないね」

「殺し屋さんも散髪中はスキだらけですな」

「ジュンちゃん、来てるのねぇー」

二階から降りてくる足音がした。店の上にいるのはミドリだ。

「あんたたち、また殺し屋ごっこしてるの？　よく飽きないわね」

「いいじゃないか、おれたちの伝統なんだから」

店主のサトルは小学校のクラスメイト、親父を継いで理髪店をやっている。そこに嫁いだミドリも小学校一年生の学級で隣の席だった。

「伝統ねえ……。何十年、飽きずにおなじネタをやっていればそれも伝統」

ミドリが肩をすくめて、いかにも呆れたという仕草をする。

「伝統とは壮大なるマンネリである」

その夫がマクベスのセリフみたいに大袈裟に答えると、会話は一気に夫婦のかけ合いに突入する。

「それ、だれの言葉？」

「リスナーさんから。プロイセン王国生まれ、イマヌエル・カントくん、十五歳からのお便りでした。イマちゃん、今日も聴いてくれてますか？」

「明日《あす》は縫えない洋服屋の加藤さんから？」

アスヌエナイ・カトーかよ、とジュン、なんとか心の中で会話を追いかけている。

「そっちの加藤さんは明石に出張中」

「なんでそこで明石なんや。明石といえば国連事務総長特別代表」

「アガシはグラフの旦那さん、て、それ、若い子に言うても分からんから」

「どこに若い子がおるんよ」

「ミドリちゃんてば、いつまでも若いねえ」

そこで、それほどでもないわとしなを作るミドリのセリフでこの三人の会話が終了するのがお約束。実年齢は小学校のクラスメイトだからもとから隠しようもなく、全員が六十六歳だと分かっている。

「別に若い子にわからんでええがな」

馬鹿話をしているときは下手でも関西弁を使いたくなるのはどうしてだ。ネタならなおさら。大阪城とユニバーサル・スタジオに行ったことくらいはあるが、関西に住んだことはない。大阪で知っている地名と言えば、新大阪《しんおおさか》、西中島南方《にしなかじまみなみがた》、そして、なんば、十三《じゅうそう》、梅田《うめだ》くらいか。

「ミドリ、さっきの会話聞いてたのか」

伝統芸の殺し屋の件《くだり》のことだ。

「聞こえるわよ。始まるとジュンちゃん舞台に立ってるみたいに大きな声で立派な滑舌で話すんだから。急に二階まで声が通ってきて、ああ、また始まったって」

若い頃、サトルこと白山聡《しろやまさとる》とジュンことおれ・君島淳《きみじまじゅん》は芸人を目指していた。漫談の「桜島獏《さくらじまばく》」師匠に口を利いてもらって、漫才の「火の元トンチ・カンチ」師匠に弟子入りした。師匠たちにはよくしてもらった。だけど、結局、五年やっても目が出なかった。

曲がりなりにも五年続いてしまったのは「殺し屋シリーズ」という自分たちなりの当たり芸があって、出番があればそのネタで必ず受けたし、放送局主催のコンクールで奨励賞なんかを貰ってしまったからだ。

人気も下火になったと感じたころ、家業を継ぐはずだったサトルの兄貴が交通事故で亡くなり、突然の後継者問題が勃発した。

「お前はいいよ。そうやっていつだって家業へ逃げ込めるから。だけどおれは……」

サトルからコンビを解消しようと提案されたとき、思わずそう言ってしまった。お前のせいでふつうに就職するチャンスを逃してしまったと。

それはフェアではない。

確かにサトルに誘われて芸人の世界に足を踏み入れたのだけれど、それだって、あくまで自分の決断に違いないのだ。

「申し訳ない」

サトルはそう言ったきり、黙り込んだ。いまさら変えることのできない過去のことについて、彼を責めてしまった。彼の側からは申し開きのしようがないのに。返す言葉が見つからず、こちらも長い時間俯いていた。

「お詫びの印というか、そんなことで償えるとは思わないんだけど……」

「なんだよ。別に謝らなくていいよ」

自分から詰め寄っておいて、謝らなくていいというのは矛盾している。

「生きている限り、一生、タダでジュンの頭を刈らしてもらえないか」

「おまえなあ」

笑ってしまった。

「そんな償いがあるものか。お笑いだよ」

いや、自分たちは「お笑い」なのだ。まだコンビ解消の合意はしていない。漫才を辞めても、これからも今まで通りつきあって欲しい。彼の提案にそんな意味が込められていると感じた。

条件を飲んで、コンビを解消することになった。

それから四十年間、月に一回、白山理容院で髪を刈ってもらっている。いまの料金は三千五百円。あの時は、ひどく割が悪いような気もしたけれど、改めて計算するとすでに床屋代も百六十八万円相当になる。

＊　＊　＊

サトルとは、小学校中学校高校と一緒で、大学に入ってしばらくのあいだは疎遠になっていた。大学三年の時、中学校のクラス会があって、久しぶりに再会したのだ。

一次会は中学時代を懐かしむ会話だったが、二次会では自然に将来の話題になる。

高校大学と進むにつれてだんだんとクラスには似たような人間が集まってくる。けれど、公立の中学校には地域のいろいろな家庭の子供が通って来ていた。

体が小さく、中学時代にもスポーツで目立ったところのなかった山川亮一《やまかわりょういち》が、競輪学校へ進み、卒業と同時に選手になってそこいらの大卒会社員よりよっぽどいい稼ぎをしていた。鳶職の息子の中田《なかた》は高校を出て、父親について鳶の仕事を始めていた。日に焼けた顔が逞しく、自分よりもずっと大人に見えた。

「やりたい仕事がないんだよ」

唐揚げはなくなり、ポテトサラダにはだれも箸をつけなくなった時刻になって、サトルが突然言い出した。

あのころは就職活動を始めるのは大学四年になってからだったけれど、それでも教養課程を終えて研究室《ゼミ》を選ばなければならないとなると、自然に将来のことを考えることになる。

「だれだって似たようなものさ」

わかったようなことを言った。

プロの競輪選手や、自分の腕で収入を得ている職人が目の前にいる。全然、似たようなものじゃない。自分がこれからどんな人間になっていくのか、そのイメージもなく、試験に受かったという成り行きで毎日大学に通っていた。

「おれなんか高校しか出てねえし」

鳶の中田は会話のなかで自分を卑下するような言葉を繰り返していた。でも、その時、コンプレックスを抱いたのはこっちの方だった。親の金で大学に通って、アルバイト代を小遣いにしている自分より、彼の方がずっと立派だ。それは百パーセント確かだと思った。

サトルもそう思ったのだ。

「やりたい仕事がないって、仕事ってそういうものなのかな」

競輪選手のリョウが口を開いた。

ちょっとむっとしているような言い方だった。

「リョウはなんで競輪選手になろうと思ったんだ。自転車乗るのが好きだったからじゃないのか」

「そんなに好きだったわけじゃない」

サトルの問いに彼が答えたとき、一緒に店にいた数人はみんな驚いたようすを見せた。

「好きとか嫌いとか、そういうんじゃなくて、それしかなかった」

「それって、やっぱりすごく自転車が好きってことじゃないか」

「ちがう。そういうことじゃない。全然ちがうんだ。大学へ行かなくてもちゃんと金が稼げる仕事はなんだろうと考えたら競輪だっただけさ」

答は意外だった。

競輪選手のような特別な仕事はそれが特別に好きな人間がやるものだとしか考えたことがない。野球選手になるのはやっぱり野球が好きなやつだろう。

「知ってるかもしれないけど、うちは親父が家出しちまったから貧乏でね」

ご飯だけでおかずのない弁当を持って来ていたクラスメイトは彼だけだったと思う。

「かあちゃんは昼間はスーパーで働いてた。それだけじゃ足らなかったんだろうね。金曜と土曜には四丁目の交差点の近くのスナックに働きに出ていた」

外に「弾き語りの店」と看板がかかったあの店のことだ。夜、郵便ポストに手紙を入れに行くときに前を通ると、外まで歌が聞こえていた。

「歌が上手くて、お客に人気があったらしい。カラオケなんてなかった時代だからね。店のマスターがリズムボックスに合わせてギターで伴奏をして、それに合わせてかあちゃんが唄うんだ」

リョウの母親に会ったことはなかった。

「おれさ、なんかの夜に急ぎの用事があって、一度だけ店にいったことがあるんだ。ドアを開けたら女の歌声が聞こえていて、見ると店の隅の少し広くなった所でかあちゃんがマイクを持って唄っていた」

どんな人だったのか想像してみても、うまく像を結ばなかった。

「本物の歌手みたいだったよ」

本物の歌手……。

「腰を振って、振りを付けて、そして、サビの所で客の方を指差してウィンクをしてた」

リョウはそこでふうと口をすぼませて息を吐き、少しの間、何も言わなかった。

母親が父親以外の男の前で腰を振って踊ってウィンクしてみせるその場に居合わせたら、息子として複雑な感情が生まれるだろう。

「唄い終わると拍手が湧いた。といってもスナックにいる客は四人かそこらだ。それでも、かあちゃんが本物の歌手だったら歌に拍手をもらっているのをもっと誇らしく思えたと思うんだ」

「歌手に本物も贋物もあるもんか。歌を聴いた人が気持ちよくなれるかどうか。歌い手の価値を決めるのはそれだけだろう」

リョウが言っているのはそういうことではない。それは分かっていた。だが、その時の彼の気持ちを思うと黙っていられなかった。

「その時だよ。金を稼ぎたいと思ったのは」

テーブルのアイスペールの中で氷が溶けて小さな音を立てた。

その場にいた五人か六人全員が、みんな彼の話を聞いていた。

スナックで唄って喝采を受けている母親を見て金を稼ぎたいと思った。辻褄が合わないような、飛躍した話だったが、すべてが分かったような気もした。

「トレーニングすれば誰だって筋力を付けることはできるだろ。トップ選手には成れなくても、六つあるランクの一番下でいい。競輪学校を出た後、A級三班にデビューして、そこで続けることができれば、たいがいの大卒サラリーマンより高収入を得られる。そう思った」

いちばん成りやすくて収入が安定しているプロのアスリートが競輪選手なのだよ、と彼は言い切った。

運動がそれほど得意とはいえない自分からすれば、誰でも頑張りさえすれば筋力を付けることはできる、という彼の言葉をそのまま受け止めることはできなかったけれど、たしかに筋トレをするには、反射神経も動体視力も必要がない。筋肉を付けるだけでプロ選手になれるものか疑問であったにしても、努力を続ける根性さえあれば、なんとか競輪学校に入るくらいまでは行くような気もする。

そうして「S級S班になんか絶対に入れない」と思いつつ、彼はアルバイトしながら高校に通い、競輪学校に合格できるように体を鍛えたというのだ。

高校卒業後、入学試験を経て彼は計画通り修善寺の競輪学校に入り、二千人あまりいるという競輪選手のひとりになった。

男子の多くが一度はプロ野球選手になりたいという夢を抱くものだ。その時にイメージする自分は、次々に三振を取る速球投手だったり、スタジアムのファンが息を呑んで弾道を追うホームラン打者だったりする。なのに、リョウは中学三年まで競輪選手になることを夢見たことは一度もないといい、選手になった今でもグランプリレースで優勝して一億円を手にする夢を見ることもないと。二千人のうち千五百番を長く維持できればいいと言い切った。

別に夢はない。大学を出なくてもしっかり金を稼ぐことができる職業は何かと考えた末に選んだだけの仕事だと。

「リョウ、おまえ、すげえな」

思わずそう言った。彼の口元が少しだけうれしそうだった。同時にその抑制の効いた反応から自分よりもずっと彼が大人であることを感じとった。大学生の自分なんかより、圧倒的に成熟した人間のように感じられた。そして、何か言いたそうでもあるその表情は、ちょっとこっちを突き放したもののようにも感じられた。お前らに話してもしょうがない、的な何かを。

「ごめん、仕事に差し支えるから」

午後十時を過ぎたところでリョウが帰り、そのために割り勘の清算をしたのをきっかけに、二次会は散会になった。

また来年やろう。幹事頼むぞ。

そんな言葉を交わしながら、世田谷《せたがや》区立東山中学三年B組のクラス会が終わった。

公立の中学だから、卒業して六年が経っても半数は未だ学区内に住んでいる。大学を卒業するとそれぞれ勤務地の近くへ引っ越したりして、住んでいるところもだんだんとバラバラになっていくだろう。来年はもうみな就職が決まってそんな話題になるかもしれない。

久しぶりに少年時代を過ごした町に戻ってきて、懐かしい面影を残すみんなに会って話をした。そのまま地元に住んでいるやつにしてみれば、町内の居酒屋で昔からの仲間と飲んだだけかもしれない。親の都合で町を出て横浜《よこはま》に住んでいる自分にとっては、駅からここまで来る町の景色も懐かしく、会が終わったあとの名残が惜しかった。

「やりたい仕事がないんだよ」

サトルのつぶやきがリョウの話を引き出してくれた。

ただ、もっとサトルに語って欲しいと思ったまま、話題がリョウに移り、そのまま二次会が終わってしまって、ひどく宙ぶらりんの気持ちだけが残っていた。楽しい時間が終わってしまったという気持ちと、しばらくぶりに会ったクラスメイトたちの変わらなさに安心する気持ち、そして、それぞれ大人に近づいているという感慨と一緒に。

「どうする？」

みんな散り散りになって、いつの間にかサトルと自分だけが残っていた。彼も町を出た組で自分と同じ横浜に住んでいる。

「どうしよう」

前を向いたままそう聞いた。

「まだ終電まで時間があるよな」

「零時十二分」

「調べたのか」

「まあな」

終電まで語り合う準備は万全だった。案外にあっさりと散会になり、仲よしだと思っていた友達に素っ気なくされた気分だ。

二人だけでも飲もう。そんな心の声を口にしないまま、T駅へ向かって歩き始めていた。

世田谷の住宅地域の小さな町だ。居酒屋から駅に向かうと途中住宅ばかりのエリアになる。夏の夜にしては涼しいからだろうか。どこかの家の開いた窓からテレビの音が聞こえていた。誰かがホームランを打った実況のようすを伝えるニュースの声らしい。

下砥川《しもとがわ》に出た。

その小さな川の護岸はフェンスに守られている。小学生の頃に下へ降りてザリガニを取った記憶がある。いつだかの大雨の時にどこかの子供が流されて、それからしばらくして緑色の目立つフェンスで川と町は完全に切り離されてしまった。十歳くらい下だから顔も名前も知らないけれど、流された男の子は自分が通っていたのと同じ小学校だったと聞く。

ちょうど川を中央分離帯に見立てたように、両側にはアスファルト舗装のそれぞれ一方通行の道路があり、そこを歩くと、川に沿って風が通り抜けているのが分かった。

懐かしいものが見つからないかと風の匂いを嗅いでみようとしたけれど、いくら鼻を利かせても、そこにあるのはただの空気だった。

サトルも自分もずっと黙っていた。

「ジュン、なに考えてる？」

「考えてない。空気の匂いを嗅いでいる」

「臭うか」

同じ空気を吸っているサトルがそう聞いてきた。

「臭わない」

「昔はこの川、夏になると臭かったよな」

「そういえば臭かった。川も町もきれいになってる。マンションが増えた、文房具屋はなくなってる」

ほんの数年でも、町はどんどん変わっている。

小さな橋を渡ると、まもなく駅に着くはずだ。だけどサトルは橋を渡ろうとせずにそのまま川沿いの道を選んだ。

たぶんあそこだ。

彼がどこに行こうとしているのか分かった。

河岸段丘という言葉を習ったのはいつだっただろう。まもなく道は下砥川を離れて急な下り坂になる。身近な川が多摩川に流れ込む。僕らは子供の時から知っている。坂を下りきった平地の、古い堤防と新しい堤防の間に、小さな木造住宅が密集している地域があり、車が入れないような狭い路地を通り抜けると、目の前に堤防が現れる。

そこだけ草の生えていない細い道から土手を斜めに上がると、そこには夜の川が広がっていた。

「川の匂いがする」

両手を大きく拡げて深呼吸をした。広いところへ出て頬に当たる風を感じたくらいで、本当は匂いなんて分からなかった。ただ、その場所を特別だと思いたい自分がいるだけなのだ。

「ほんとだ」

サトルも大袈裟に息を吸って吐いて匂いもしない空気についてそう言ったので、僕らはウソつきの共犯者になった。

行く場所は決まっていた。堤防を斜めに降りると、河川敷にベンチがあるのだ。

河原のバスケットコートは照明に照らされていた。降り注ぐ光の円錐の外は暗黒だ。遠く対岸のマンションには明かりが見える。それが映っているところに川面があることがやっと分かる。

中学の頃、この場所にバスケットボールのコートができた。

バスケ部じゃなかったけど、そこでスリーオンスリーをやった。てんで力が無くて、投げ方も分からず、大人用の高さのゴールにボールを届かせるのはけっこう大変だった。

いま、縁に立つと、ボールをつく音や、砂の浮いたコンクリートを蹴るシューズの音が聞こえるような気がした。ゴールに向かってジャンプした時に頬に感じる上空の風を思い出した。放課後の思い思いの服装で、他人が見たら誰が味方で誰が敵か分からないけど、試合をしている六人の間で味方三人は見分けが付く、仲間内の放課後のスリーオンスリー。息が切れても交代ができない、無限に続くゲーム。ゴールが決まり、全員が肩で息をしながら、腕で汗を拭った時のぬるりとした感触。

緩い川風を感じたとき、自分の汗の臭いがしたような気がした。少しアルコールの匂いも混じっている。

「座ろうか」

サトルの言葉にうなずく。

そのベンチはあいかわらず木製で、ところどころペンキが剝げていた。背もたれの明治牛乳の文字はもうほとんど読めない。最後にこの場所に来た中学生の頃から塗り替えられていないのだ。

「これがいるな」

鞄から虫除けスプレーを出して自分の足首と腕にかけ、それをサトルに差し出した。

「そんなもん持ち歩いてるんだ」

「部室に蚊がいるんだ。籠もってると食われ放題になる。素手では蚊と戦えない」

「演劇部だったな」

「劇団《笑徒《ショート》》。大学にはいくつか劇団があったんだけど、名前が軽いところが気に入って入った」

「就職はどうするんだ。演劇つづけるのか」

演劇をやっている大学生すべてに必ず向けられる普遍的質問が飛んできた。

「答えにくい質問するなあ」

たぶん答は決まっている。ノーだ。でも、いま、この大学三年生が始まったばかりの時に、それを決めてしまいたくない気持ちだった。

「存分に脇目も振らずに一心不乱にモラトリアムをやり抜きたいんだ」と続けた。

「ジュン、おまえ、うまいことというなあ。一心不乱にモラトリアムっていいよ、それ、なんか使える。使いたくなった」

なんか知らないがサトルにやたら気に入られたらしい。

「使えるって何だよ」

「いや、すげー創作意欲を刺激される表現だ」

創作意欲……。

「小説でも書くつもりか」

サトルは文学部だ。

「タイトルとしても秀逸だ。いや、ユニット名だ」

「ユニット名って、何のよ」

言葉の響きとしてヘビーメタルバンドの感じはあるかもしれない。

「お笑いコンビ」

「え？」

ベンチに並んで座ってバスケットコートを見ていた視線をサトルに向けた。サトルは「なんだよ」という表情で見返してくる。

「やりたい仕事がない。ついさっきまでそう思ってた」

「え？　まさか」

「おれ、ほんとは芸人になりたいと思ってたんだ」

こんどはこっちがマジマジと彼の顔を見る番になった。

「ほんとはってなんだよ」

「どこかの会社に就職しなければ、て思い込んでた。いや、思い込もうとしてた。言ってみれば自分に嘘をついてたってことだ」

遠からず卒業後のことを決めなくてはならない。

「本当のことを考えないようにしていた」

サトルは続けた。

リョウの話を聞いたからだ。わかる。自分の心の奥のモヤモヤをサトルが言葉にしてくれていた。

サトルが突然立ち上がった。

バスケットコートに入り、ゴール下に向かって走り出した。

スリーポイントラインを越えたところで、左からのパスを受け取り、二度、ドリブルしてゴールに向かって手を伸ばしながらジャンプし、回転をかけるように手首を動かしてボールをリリースした。

もちろんそれは現実には存在しない架空のボールで、サトルのジャンプは低く、ただ彼の手がゴールネットの遥か下を通過しただけだけれど、彼の掌にはボールの感触があり、レイアップシュートとして中空で離れていくタイミングがわかった。

サトルの体がコートに降りてゴールの反対側に行く間、おれは彼が放ったはずのボールの行方を追った。ボールはバックボードで小さく跳ね返り、ゴールリングに吸い込まれる。その時、ちょうど風が吹いて、何も通過していないはずのゴールネットが揺れた。

ナイスシュート！

声をかけると、サトルはまるでクラス対抗の球技大会で本当にシュートを決めた時みたいに照れ笑いをした。

「本気か？　本気で芸人になろうとしているのか」

「うん、いまそう決めた」

まるで演劇のセリフのようにしっかりした滑舌だった。

コートを照らす照明がスポットライトみたいだと思った。

「職業として芸人を選ぶということなのか」

そう聞いてから自分の繰り出す質問が就職指導の先生みたいだと思って可笑しく

なった。

照明に集まってきたのか、大きな蛾が二匹、サトルと自分の間を横切っていった。スズメガだ。そういえば子供の頃にはこの河川敷で虫取りもした。蝶やトンボを捕まえた。でも夜になって虫を捕りに来たことはない。

コートに立つサトルの遠く後ろにある鉄道橋に光の列が流れていた。距離の分だけ音が遅れて電車が鉄橋を渡る音が風に乗ってかすかに聞こえた。

下り電車だった。

二次会が散会してからどれだけの時間が経ったのだろう。

それまでも何本も列車は通過していたはずなのに、いま、初めて橋の上に列車を見たような気がした。

時計を見たくなかった。

見なくても、体内時計は二十三時をかなり回って最終電車の時刻が迫っていることを知っている。

もしかしたらこれは人生の中の大事な夜かもしれないという予感があったのだ。電車がなくなるから帰ろう、と少なくとも自分から言いたくないと思った。

コート上のサトルはセンターラインを跨いでサークルの真ん中に立っていた。

「決めたんだ」

　中空を向いて叫んだ。

　演技に入っているのが分かった。砂浜を走って、突然立ち止まり、海に向かって「バカヤロー」と叫ぶ、あの感じだ。

　それは中学の頃からの彼のレパートリーで、昼休み、みなが弁当を食べ終わった頃、教室の前へ出て、突然「青春ドラマ」の一シーンを一人で演じる一発芸だった。前日の夜八時から放送された「青春とはなんだ」のシーンそのものだったり、サトルのオリジナルだったりした。クラスのみんなは、中学生らしく表向きそれを斜に構え冷笑するような姿勢を示しながら、出来の良かったときには賞賛の拍手が惜しみなく贈られた。

　学園祭でも、彼はその一発芸でステージに上がっていた。昼休みにクラスでやって受けたものを選んで三つほどやるその芸は観客をきちんと笑わせた。その芸はあまりに短いので、まさかそれだけで終わりだとは誰も思わず、みな、彼が舞台上で静止したところで、次にまた何かが始まると息を呑んで待ったところで、急に緊張を解いた彼がそそくさと引っ込んでいって、ずいぶん経ってから終わりだと感づいてざわめいたのだった。

テレビにお笑い番組や寄席の中継はあったけれど、彼のような一発芸をやる芸人はいなかった。その意味で彼は面白いだけでなく独創的だったと思う。

サトルは、女子生徒に人気の野球部でもサッカー部でもなく、ドラマのようにラグビー部でもなかったが、その当たり芸のおかげで文芸部員には珍しくファンがついていて、バレンタインデーの日に裏庭に呼び出されているところを目撃した。彼と並んで歩いていると、すれ違い様、女子生徒がくすんと笑って通り過ぎることもよくあった。

公立中学の文芸部というのは、大人になってみれば、やたらに自己愛の強い感情を押し出した私小説もどきのものや、海とか空とか花とかいう言葉をちりばめたポエムばっかりを並べて、ガリ版刷りの文集を作るところ、という感じだけれど、彼が文芸部でやっていたのは彼自身が演じる瞬間芸の台本づくりだった。

「そもそも一人で芸をするのにクラブに入る必要はないだろう」

そう訊ねたことがある。

「一人だと文化祭に出られないじゃないか」

たしかに。

学校によるかもしれないが、僕らがいた頃の東山中学では秋の文化祭のステージ発表の申込みをできるのは文化部と学級企画のどちらかに限られていた。どこかの文化部に入るとしたら文芸部が最適だというのだ。

演劇部は芝居をやるだろうし、吹奏楽部もステージで演奏するはずだ。言われてみれば、部としての発表がないクラブでなければ、サトルの一発芸をステージに載せる機会はない。文芸部は教室で詩の朗読をやったりはしていたが、体育館のステージでやることはなかった。仮に、詩の朗読をステージでやることになったとしても、自分の芸を「詩の朗読」だと言い張れば出られる。

サトルの説明はものすごく理にかなっていた。

彼は文化祭のステージで、「三本やっても二分で終わる」一発芸をやり、結局、文芸部の部屋でも朗読の名目で同じことをやった。それに飽き足らず、三年生の時には、校舎の二階と三階の間の階段の踊り場で、今でいうゲリラライブ的なこともやっていた。

とにかく彼の芸は身軽だった。

雑踏の中で、何か大声を出して人の注目を集めると、即座にネタをやる。短ければ二十秒か三十秒で終わるから、足を止めた人はつい全部見てしまう。

笑い声が起きたり、人々の顔が緩んだりしたのを確かめて、彼は自分なりにその芸の評価をする。

センターサークルで叫んだまま、サトルはそこに立ち尽くしていた。

今夜の彼の芸にはオチがなかった。

「決めたんだ」

真っ暗な空に向いた額が汗ばんで照明に光っている。

彼が中学二年生にして、真剣に自分の発表機会を作ろうとしていたことを知っている。その志を大学三年まで抱き続けていたのだ。

彼がここでやることは全部受け止めようという気持ちになっていた。だから、普段と違って何のチャチャも入れず、彼の姿を見ていた。

漆黒の背景に彼の輪郭が浮き上がっていた。髪が光っている。Tシャツから覗いた鎖骨と一緒に息をしながらわずかに動く肩にも、水銀灯の青白い光が反射していた。

水平に鉄道橋の照明の列が点々と並んでいる。

どれだけの時間が経ったのだろう。

ずいぶん長い間、彼の背景を通る電車がなかった。もうとっくに電車がまばらになる時刻だった。

サトルはまだじっと立っていた。

その姿を見て衝動が湧いた。静寂を破ってその舞台に割って入ろうか。即興でコントができるのではないか。劇団のエチュードでいつもやっているように、割り込んで入ることで場面を変えて新しい空気を作り出してみたい衝動……。

迷いが消えて、ベンチから腰を上げ、センターサークルに向かって走り出そうとしたその瞬間のことだ。

あっ…………。

突然、舞台が暗転した。照明が消えたのだ。

「だれだ。なんだこりゃ」

サトルが叫んだ。

「見えない」

それまで十分に明るかったせいで、目が暗闇に順応できなかった。必死で目を瞬くうちに、遠い照明の列を遮る影が見え、サトルがしゃがみ込んでいるのが分かった。

腕時計で時刻を確認しようとするとかろうじて針が真上で重なっているのが見え

た。

「午前零時に自動的に消えるみたいだ」

「そういうことか。びっくりしたぜ」

とにかく理由がわかり、目が慣れてきたことで落ち着いたけれど、消えるタイミングがあまりにぴったりで、サトルのコントに加わることを運命によって妨げられたと感じた。できすぎた偶然だ。

午前零時ならT駅の終電はまだある。

現実の世界に引き戻されていた。

「走ってみるか?」

残り十二分のタイムリミットサスペンスだ。

「走って間に合わなかったらがっかりするだろう」

中学生の頃だったら駅まで走れば数分だろう。でも今いる河川敷からはずっと上り坂だ。

「ゴメンナサイと断られるのが怖くて告白しない恋心と同じさ」

「おまえ、そういう比喩、得意だよな」

「あの坂を必死で登ってがっかりするくらいなら終電を逃した方がマシじゃない

か」

告白しなければ恋は始まらないが、走っても電車に乗れるだけだ、恋ほどの価値はない。

「なら、諦めよう。終電を逃した方がマシだなんて、全然、同意できないけど」

ぎりぎり最終電車に飛び込んで蛍光灯の光でやたらに明るい日常にいきなり戻るのはなんとなくいやだと思った。電車に乗れば家に帰るという未来しかない。この場所にはまだ何かがあるような気がしていた。みたところ何があるわけでもないし、暗くて見えるものも余りないけど。

遠い鉄橋を電車が渡っていく音が微かに聞こえた。振り返ると明るい蛍光灯色の窓の列が流れていく。

あの川を渡る列車が河岸段丘を昇った先にT駅がある。鉄橋から駅まで三キロかそこいらだと思うけれど、いまから競争しても自分たちが先に着くことはできないだろう。

「まあ、まだ夏だし、死にやしない」

「出た。死にやしないが」

そう言うとサトルが笑った。

死にやしないはサトルの口癖だった。傘がなくたって死にやしない。運動靴に穴が開いてたって死にやしない。宿題を忘れたって死にやしない。

中学生にしてはオヤジ臭い言い方だったから、きっと家で聞く彼の親父《おやじ》さんの口癖を気に入っていたのかもしれない。

だけど、キヨミに思いを打ち明けて討ち死にして「フラれたって死にやしない」と言った時はしばらく死にそうだった。

この先、どうしたらいいのか何のあてもなかった。一時《いっとき》舞台になっていたバスケットコートにはボールもなく真っ暗でワンオンワンもできやしない。

不思議だった。終電を逃してむしろ何か肩の荷が降りたような気分だった。

いったん目が慣れてくると土手の上の照明のおかげであたりはそれなりに明るかった。

「とりあえず明るいところへまで移動しよう」

用のなくなったバスケコートを後にして土手を登った。

「どっこいしょ」と自分が座り、サトルも「どっこいしょ」と腰を落とした。

わざと吐いた年寄りのようなセリフにふたり目を合わせて笑った。

川を背にしてここから坂を登ったところにある、生まれ育ったT駅周辺は住宅街で、夜中までやっている店はない。さっきまで一緒に飲んでいた幼なじみの家はあるけど、まさかこの時刻から泊めてくれと訪ねていくわけにはいかない。

ある程度の土地勘はある。環状八号線沿線にどんな土地が広がっているかだいたいは知っているけれど、新宿《しんじゅく》や渋谷《しぶや》のように夜中明かりが点っている繁華街まではとても遠い。

金はなかった。朝まで安く過ごすことができる店を知っているほどの大人でもなかった。もちろんいくらかかるか分からないタクシーは選択肢に入らない。

「ふつうだったら、こんな場所で終電をのがしたら、絶望的な気分になるよな」

「夜中の河川敷にいるっていうのに」

むしろどこか昂揚《こうよう》している。ふたりでいるからかもしれない。そうでないかもしれない。

「歩くか」

「そうだな」

「歩けるよな」

「江戸時代だと思えば」

ふたりが住んでる横浜まで、東海道なら日本橋《にほんばし》を出て品川《しながわ》、川崎《かわさき》、神奈川《かながわ》の宿はわずか三つめだ。しかも履き物は草履じゃなくて、自分はナイキ、サトルはニューバランス。楽勝だろう。

「歩いたことある？」

「ないけど、いけるんじゃないか」

江戸のやつができるのに、そのぐらいのことができなかったら情けない。きっと体格だって江戸時代の旅人より立派だし栄養だっていい。

地図はないが道は何とかなる。

丸子橋まで川沿いに多摩堤通りが通っている。そこで橋を渡ればもう神奈川県。県道二号線を辿れば、やがて横浜まで行けるはずだ。

「よし、スタート」

歩き始めた。不安はあったがわくわく感が勝っていた。

片側一車線の多摩堤通りにある照明のおかげで、暗いながらも河川敷の道も照らされている。

「ほんとに芸人を目指すのか」

「ああ、さっき、やっと決心がついた」

「リョウの話を聞いたからか」

「そういうことだ」

「サトルの芸、面白かったからな。いま思えば、おまえもリョウに劣らず腰が据わってた。文化祭に出るために文芸部に入ろうなんてふつうは考えない」

「目立ちたがり屋なんだ」

「それは芸人にとって絶対必要だろう」

「ああ、そう思ってる」

そんな風に少しの間会話が続いたかと思うと、黙って足元を見ながらただただ歩き続ける時間もあった。

並行する道路の明かりの間隔が広がると、こっちの道は目立って暗くなる。狭い畑のような場所があったり、土木の資材が積んであったり、古い畳が大量に捨ててあったり、手入れされずに荒れてしまったテニスコートがあったりした。

それら、人間の気配のするもののおかげで、あまり寂しく感じない。

零時を回っていても、まだ風はぬるりと頬を舐めていく。

だんだん道路を通る自動車がまばらになり、静けさの中でそこかしこの草むらから虫の声がよく聞こえていた。川向こうの自動車のかすかな音はその距離のせいでヘッドライトの光とは違う場所から聞こえる。

「一秒間に三百四十メートルだっけ?」

「何が」

「川の向こうからこっちまで音が届くのに時間がかかるんだってこと」

「何いってるのか、わかんねえ」

急にどうでもよくなって黙った。サトルもそれ以上は聞いてこなかった。

振り返ると第三京浜の橋はずいぶんと遠くなっていて、代わりに東横線の鉄道橋が近づいていた。遠くにある時にはちっとも近づかないのに、近くまで来るとどんどん近づく。それを励みにいつのまにか歩みが速くなっていた。

野球のグラウンドを過ぎたところで、道は二つに分かれていて、まっすぐに進むと自然に上の道路に出た。いよいよ橋に近づいている。

道路脇の狭い歩道ではふたり並んで歩くことができなくなっていて、サトルが前になり、自分は後ろからついていく形になった。

ついに東横線の高架をくぐったときはいよいよだという気分になった。くぐった先に丸子橋のアーチがもう見えている。そして、まるで演出効果を計算して作られているかのように、くぐり終えると辺りは急に開けるのだ。

「来たなあ」

歩道も広くなり、また左右に並んで歩くことができるようになった。

「お化け屋敷、けっこう恐かったよな」

「何だよ突然」

あの多摩川園遊園地がこの近くだ。毎年、夏になると遊園地にお化け屋敷ができる。中学の頃、サトルとふたりで、それぞれ好きになった女の子を誘ってダブルデートをするはずだったのに、当日、女の子たちは来なくて、サトルと自分だけでお化け屋敷に入ったことがあった。

目の前の交差点の信号に「丸子橋」とあった。橋の付け根の親柱にはひらがなで「まるこばし」と書かれている。

「なんで、こんなことがうれしいんだろうなあ」

サトルが言う。確かにうれしかった。電車に乗っていればもう家に着いているところ、まだ道のりの半分も家に近づいていないのにうれしいのだ。

青い弧《ボウストリング》ふたつで、橋は川を跨いでいた。

「人間ってこんなもん作るんだからすごいなあ」

それが人類の作った建造物の中で、てんで大したことないものなのは確かなのだが、確かに目の前のアーチは、ホップステップの二歩で川を飛び越える巨大なウサギの跳躍の軌跡のように滑らかで、そして、立派に見えた。

「皆の者、これより神奈川に入るぞ」

勝手に高らかに宣言して、橋の脇の広い歩道を進み始める。

少し前には、暗い足元を見ながら草や石ころに足を取られないように注意を払い、右手にまっ黒な川を見て、少し心細い気持ちで歩くのに必死だったのに、ここからは五人が横に広がって手を繋いで進めるほど広い歩道を、コンクリートのタイルがきれいに敷き詰められた歩道を、川に直角に歩くことができる。

なんか歌でも唄いたくなったけど、最初に思いついたのが「カラスの子」で、自分の思いつきにがっかりして唄うのはやめた。

一つ目の弧《アーチ》が終わったところで立ち止まった。川の中央だ。

そのまま渡りきってしまうのがもったいない気がしたし、せっかくだから川面を見てみたいと思った。

「このあたりが県境かな」

「よく見ると一点鎖線が見えるかもしれないな」

「国土地理院かよ」

欄干に身を預けるように寄りかかって見下ろす川面は、ただまっ黒で面白くも何ともなかった。川面と岸の境目もよくわからなかった。少し上流にある東横線の鉄橋の整然とした明かりがそのまま水面に反射して揺れていた。

「始発電車が動く前に着くかな？」

「どうかな」

たぶん、ふたりともそんなことはどうでもいいと感じていたと思う。

いったいい残りの距離がどれだけあるのか、それさえ分かっていなかった。せめて大雑把な地図でもあれば見当が付いただろうが、いまみたいにスマートフォンもなかった。

近くはない。江戸時代の人が草鞋で歩いて辿り着くくらいの距離だということは分かっている。

多摩川園駅から横浜まで駅の数はいくつあっただろう。うろ覚えで勘定してみる。渋谷から多摩川園駅はたしか八個目。その先、横浜までは十二個。残りは未だけっこうある。

「始発電車と競争するのも悪くないよな」

「別に競争しなくてもいいだろう」

「あのなあ」

身も蓋もないサトルの反応にはブーイングだ。

「そろそろ行くか」

「ちょっと待ってくれ」

こっちが身を翻して欄干から離れようとしたとき、何か意志に満ちた声で言われた。

「あのさ、相談なんだけどさ」

次の言葉では、前言のきっぱりしたトーンがまったく消えていた。

「なんだよ」

「あのさ。演劇、やっぱり続けるつもりはあるんだろ。決めてないって言ったということは」

一心不乱にモラトリアムを続けると答えたはずだ。

「大学三年の劇団員にありがちに迷ってるわけさ」

「だったらさ、芝居じゃなくてお笑いやらないか」

「なんだって?」

「おれと一緒にコンビ組まないか」

答を邪魔するように一気に言葉を被せてきた。

「あのさ、おまえなあ」

想定外のオファーだ。

まるっきり言葉が返せなかった。

サトルはそのまま欄干を離れて橋を歩き始めた。自分も続いた。

残り半分を渡ればいよいよ神奈川県だ。

＊　＊　＊

《横浜 19 km》

丸子橋を渡ってまもなく、道が左へ分かれるところに標識が出た。

なるほどそうか。十九キロか。

近くはない。しかし、まあ、遠すぎるというほどでもない。マラソンランナーなら一時間で走ってしまう。

それまで、この先、一体どれだけ歩けばいいのか、まったく分からなかったから、残りの距離が分かることでどれほど安心感が生まれたことだろう。このまま街道を歩き続ければ、この先も距離が表示されるだろう。数字が減るのを楽しみに歩き続ければいいのだ。

　午前一時過ぎまで車の往来があった道も、二時になるとめっきり車が居なくなった。

「喉、渇いたな」

　道がゆっくりと曲がる手前に自動販売機がやけに明るく光っていた。光に吸い寄せられていよいよそこに差し掛かったとき、どちらからともなく水分補給をしようということになった。せっかく電車賃を使わず徒歩で帰ろうとしているのに、わずかでもお金を使うのは悔しいような気もした。だが背に腹は代えられない。クラス会で飲んだアルコールも分解されるのに水分を要求していた。

「やった。チェリオだ！」

　ファンタの類似品。ファンタより安くて量の多い炭酸飲料。高校の通学路に販売機があってクラブ活動の帰りによく飲んだ。

　瓶が取り出し口にドスンと落ちる音が闇に吸い込まれていく。ペットボトルなんて影も形も無かった時代だ。取り出し口に手を突っ込むと、指にガラス瓶の硬く冷たい感触が伝わってくる。充実した重さに期待を膨らませながら、販売機に固定された栓抜きで王冠を開けると、落ちた衝撃のせいで泡が吹きこぼれる。案の定、僕のグレープは吹きこぼれ、それを見ていたサトルのオレンジは溢れそうな所で彼の口に吸い込まれていった。

安っぽい香りと懐かしい感触が喉ごしを通っていった。

高校の部活の後であっという間に飲み干したドリンクを、数キロ歩いたあとの二十歳の自分は少し持て余す。

瓶をもって歩くのはいやだったから、全部飲み切るまでガードレールに寄りかかって休むことにした。

静かだった。

あたりに草むらも見当たらないのに、虫の声がした。

後ろから明かりを点して近づいて来たトラックが目の前を通過していく。後ろに、大きく新聞社の名前が書かれていた。夜中だと思っていたが、朝が近づいている。空の黒さは変わらない。

「昔からお前のことを知っているから、サトル、お前が芸人になりたいってのはわかる」

一時間前に東京と神奈川の県境で始まった会話は途中で終わったままだった。

「でも、一発芸がお前の一番の芸風じゃないか。面白かったよ。いい感じだ。いま、見せられても絶対面白いと思う。芸人としてやっていける可能性は十分にあると思うよ」

「ありがとう。ジュンならそう言ってくれると思ってた」

「いま、テレビで見る芸人のだれもやってないスタイルだ。お前だけのものを持ってると思う。プロとしてやっていくのにそういうのって大事じゃないか。サトルなら一人でやれると思う。大成功のチャンスだってあると思う」

サトルの目に自動販売機の明かりが映っていた。

「なのにさ、なんでわざわざおれと組もうって思うんだ」

返事はなかなか来なかった。

何度か口元を動かして言葉を吐きだそうとして、その度にそれを飲み込んでいる。

「理由はいくつかある」

やっと次の言葉が出て、また沈黙が続いた。

チェリオの瓶が結露して手が滑りそうだった。大きく天を仰ぐように残りのグレープを飲み干して、販売機の横の空き瓶ボックスに入れた。濡れた手をジーパンで拭いた。サトルは両手でオレンジを体の前に持っていた。

「どうやって出て行ったらいいのか、ずっと考えていた。入り口のことだ。いくら学園祭で面白いことをやっても、それでプロになれるわけじゃない。面白いヤツがいた。それで終わりだ。ウケればうれしい。みんな笑ってくれればやって良かったと思う。そういう経験は何度もしてる」

中学の時もそうだった。人前に出て皆を笑わせている彼は輝いていた。

「ストリートミュージシャンがやるようなところで、やったこともある。二本、三本、やるうちに、人が足を止めて集まってきてくれる。笑ってくれる。拍手してくれる。投げ銭がもらえることもある。

俺の芸が届いたって思える。芸として成り立っているような気がする。でもさ、でも……、それでプロになれるような気はしなかった。大きな舞台で、大勢の人の前に立ってできるチャンスが来る気がしない。

そこに行くまでの道のりがわからないんだ。

この道を行けば、十九キロだったところが十五キロになり、十キロになり、やがてゴールに着く、そういう道が見つからない」

「芸人って、ふつうはどうやってなるものなんだ。寄席の楽屋口へ行って出たいんですけどっていってもだめだというのはわかるけど」

「おれも分からないけど。師匠を見つけて入門するとか」

「サトルのは漫才じゃないしな」

そう言ってからピンとくるものがあった。

「一人なら漫談家に付けばいいのか」

牧野周一《まきのしゅういち》、桜井長一郎《さくらいちょういちろう》、牧伸二《まきしんじ》、それにものまねの江戸家猫八《えどやねこはち》とか。テレビで、一人の芸を披露している芸人を思い浮かべた。みんなそれぞれ特徴がある。似ているようで似ていない。サトルもまったく似ていない。

「そう思って、桜島獏師匠の家に押しかけてむりやり見てもらったことがあるんだ」

サトルはおれも知っている漫談家の名前を挙げた。

「どうだった？」

「すごく面白いって言ってくれた」

「よかったじゃないか」

「でも、弟子には取らないって」

そう言いながら、空になった瓶を空き瓶ボックスに入れた。

「理由は？」

「あんたの芸では間がもたないって。要するに、面白いけど短かすぎるっていうんだ。

寄席で出番が来たら、十分とか三十分とか、任された時間だけ、客を楽しませていなくちゃならない。次の芸人がまだ楽屋に入っていなければ、予定時間以上に場を持たせなくてはならないこともあると。単に自分の芸をやって楽屋に引っ込んで来るんじゃだめなんだと」

「なるほどな」

「弟子を取って自分が出してやれるのは寄席と地方へ営業に出たときに、一緒に使ってくれと頼み込むことぐらいだ。三本で五分の芸ではそれが難しいって言われた」

「面白いだけじゃだめってことか」

「どんな時でもちゃんと時間を埋める、それでお金を頂戴するんだってね」

「サトルの芸の一番いいところを活かせる場がないというわけ？」

「まあ、そういうことだね」

「それで、おれを誘った？」

「十日くらいして、桜島師匠から手紙をもらったんだ」

彼は鞄から封筒を差し出した。中から手紙を取り出す前に、彼は語り始めた。

「漫才やるなら師匠を紹介してやるって。

あんたの芸は確かに面白い。でも新しすぎて入る枠がない。せっかく面白いのにもったいないから、まず、漫才、いや、漫才という名目のコントでも寸劇でもいいから、二人で十五分三十分、その場をもたせる芸をやれ。その中にあんたの芸を詰め込め。そこで名を売れば、それからチャンスが広がる。客がつけば自分の看板で舞台に立てる。そうすればあんたが好きにやれる場所ができるんだからって、そう言われたんだ」

自動販売機と街頭の光の弱い中で、手紙の文字を追いながら、サトルの言葉を聞いていた。

〈先日は、わざわざわたしの家にまで芸を見せに来てくれてありがとう〉

サトルの方からアポなしで押しかけていったのに、その手紙は感謝の言葉で始まっていた。

丁寧な文字で書かれた文章。便箋の折り目すら丁寧さを感じさせる。

だれもが認める大御所が無名の学生に向けて書いた手紙がだ。

この人は単に自分の芸を愛しているだけではなく、芸の世界を大切にしている。

そこに新しい風を吹き込んでくる人間を待ち望んでいる。今までのものよりもっと面白いものが生まれることを心から楽しみに待ち望んでいる。いわば、芸とそれを築き上げる芸人への、深い愛情のようなものが感じられる文章だった。

「まず漫才で名を上げろってことか」

「かいつまんで言えばそういうことになる」

「だけど、その相方がなんでおれなんだ。大事な人生の選択だろ。手近なところで済まさないで、ちゃんと探した方がいいぞ」

「ジュン、お前はおれの芸風を一番よく知っている」

そうかもしれない。

中学でも高校でも一緒だった。サトルは新しいネタを思いつくと、まず、自分に見せてくれた。放課後の教室だったり、公園の木の下だったり、友達の家につづく路地の突き当たりだったり、時にはさっきのバスケコートだったり。

つまらないと言うとうなだれ、面白いと言うと目をきらきらさせて喜んだ。

「でも、漫才なんかやったことがない」

「役者なんだから台本があればできるだろう。ほら、漫才やコントから俳優になってるのだってたくさんいるじゃないか」

役者を諦めきれていない弱点を突いてきやがった。

通り過ぎて行ったトラックを見送った。

また新聞だった。さっきのは朝日新聞、今度は読売新聞。道が空いていたせいか、しばらく車を見かけなかったせいか、ものすごい勢いで駆け抜けていったように感じた。朝刊に追い抜かれたと思った。

静けさが戻り、入れ替わりに小さな音でコクンと自動販売機のコンプレッサーが始動した。

手紙の入った封筒を返すと、サトルはとても大事そうにそれを仕舞った。

朝までに、正確には始発電車が動きはじめるより前に、家に着きたかった。でなければ夜通し歩いたことが無駄になるような気がした。

「歩こう。朝になる」

腕を大きく振って歩幅を広め、ピッチも少しだけ早くした。

歩き出してみると足が少ししびれる感じだった。足が浮腫《むく》んで靴が窮屈だった。全身の血行が盛んになったからか、手の先も少し痺《しび》れている。

アルコールが本当に抜けているかどうかは分からなかったけれど、酔っているとは感じなくなっていた。

《横浜　12km》

「横浜のどこまでが十二キロなんだろうな」

「わかんない。きっと横浜駅の辺だろう」

「東京は東京駅のことかな」

「東海道なら日本橋だろう。昔の街道の起点がそうだったからって、テレビのクイズ番組かなんかでやってた」

結局、「東京」は日本橋のことだろうと二人の合意が成立した。「横浜」についてば意見が分かれた。いまの横浜にある旧東海道の宿場は神奈川、保土ケ谷、戸塚の三つで、横浜という地名はどこにもなかった。それなのにいつのまにか、横浜という地名が、神奈川も保土ケ谷も戸塚も含む大きな地域になったのが不思議だった。

それがどこだろうと自分の家まで帰らなくてはならないことに変わりはない。

しばらくの間、東急東横線と離れていた県道二号線はいつのまにか綱島街道と呼ばれるようになり、日吉で駅前を通る。

遠くの空がうっすらと白み始めていた。

誰もいない駅に明かりが点っている。もう一時間もすれば始発電車が動きはじめる。始発が動くまでに家に着くことはできないだろう。

小さな敗北感を感じながらも、日吉駅で待って始発電車に乗る誘惑を振り切って、僕らは歩き続けた。

道が何度も折れ曲がる。その度に遠回りをさせられていると感じる。疲れてきている。

次の誘惑は菊名で訪れた。

横断歩道橋に「菊名」の文字があり、駅こそ見えないけれど、町並みにいかにもという駅前の佇まいが感じられた。もし、駅が見えていたら、おれたち二人、電車の誘惑に負けてしまっていたかもしれない。

まもなく道は窮屈になり、小さな上り下りが始まって、誘惑に打ち勝ったことを後悔する時間が続いた。

足の裏全体が五ミリくらいぶよぶよになったような感じがする。歩きながら話をする余裕はなくなっていた。

サトルの申し出にどう答えるかと悩む余裕もなくなっていた。

明けきらぬ夜道に面して明かりの点る店があった。ガラス越しに数人が作業をしている。土間に新聞が積み上げられていた。配達員たちがその新聞に折り込み広告を挟んでいるらしい。さっきのトラックが置いていったのだ。

「新聞には追いついたな」

口が渇いていて、声が少しかすれた。

サトルが久しぶりに笑った。

たいした坂ではないのに疲れた体にはうんざりなアップダウンがあり、やっとまっすぐな下り坂が現れた先に、広い空間が見えた。

「おお、東海道だ」

国道一号線にT字でぶつかったのだ。

急にあたりが開けたと思うと国道の向こうから電車が通過する音が聞こえた。ゴトンと継ぎ目を通過する音にカラカラと軽そうな音が重なる。国鉄はもう動いている。始発に間に合わなかったという敗北感はそれが東横線ではないという言い訳によって軽いものになった。それよりも、さっきよりもずっと広がった空はすでに明るく、ゴールが近いという安堵感が勝《まさ》って、自然に歩幅が広がっていた。

一号線を離れて、いくつか束になっている線路をくぐると、まもなく小さな公園がある。

自分の家はもうまもなく。サトルはもう少し先だ。

深く息ができなくなっていた。息苦しくて、ふうと大きく音を出してため息をついた。

この長い徒歩の旅の答を出さなくてはいけない時刻が迫っていた。

水道栓があった。

「やった！　水が飲めるよ」

横にある栓を捻る。一気に開けすぎて、水は上に向かって噴水のように噴き上がる。

いちばん高くなったところから下降を始めるところで、水はころころと水滴に分かれ、昇ってきた太陽の光できらきらと光の雨になって輝いていた。

勢いのまま、そこに顔を突っ込んだ。

水は勢いよく頬に当たり、唇に当たり、そして、上顎に当たって咽《む》せた。

シャツの前が見る見る濡れて重くなる。

鼻にも水が入って顔はもうぐしゃぐしゃだ。

ぶるぶるっと犬のように顔を左右に振り、両手で顔の水を拭うと、しょっぱい味がした。

目にも水が入っている。瞼《まぶた》を瞬いてやっとサトルの方を見る。

馬鹿なことやってるなあ、というヤツの得意の顔。

「言おうか言うまいか迷っていたんだけどさ」

心の奥に引っかかるものを振り切るように言葉を継いだ。

「実はおれはもう仕事をしている」

彼が驚いた顔をする。

「実はちょっと前から仕事を頼まれていてね。今日はお前を殺すためにここまで誘《おび》き寄せた」

笑いかけたヤツの顔が見る見るこわばった。

懐に手を入れ、ナイフを取り出し、体の前で両手で握り、じっと彼を見据えると、サトルは、一歩二歩、後ずさりして、身構えた。

目と目が合ったまま、息を止めて、タイミングを見計らう。

「それは偶然だな。おれもお前を殺してくれと頼まれて……」

コノヤロー。

彼が懐に右手を入れようとした時、一気に駆けよってナイフを彼の腹に突き立てた。

肩と肩がぶつかり、右の耳に彼の耳がぶつかる。

しばらくそのまま二人は重なるように立ち尽くし、やがて、サトルは膝から崩れ落ち、地面に倒れ込んだ。

腹を押さえ、何度か足をばたつかせながら、やがて体を反転させる。

大の字になって空を見上げ、苦しそうに腹で息をしていた。

それを見下ろして、じっと立ち尽くしていた。

「ジュン、これが……お前の……答か……」

サトルの声が弱くかすれて消え入り、首が力なく横を向く。

その時、離れた所から知らない声がした。

「そこを動くな！」

驚いて振り返る。

何者《だれ》だ。

「そのまま動くな。動くと撃つぞ」

両手で拳銃を構えて近づいてくる男がいた。

「やばい！　警官だ」

「なんだって⁉」

死んでいたサトルが飛び起きた。

この国で本物の拳銃を向けられたことのあるヤツはそんなにいないだろう。それが僕らのちょっとした自慢であり、その先、笑いの最大のネタになった。

犬を連れて散歩に来ていた老人が、早朝の公園で咄嗟に始めた僕らの即興劇を見ていた。びっくりした老人が近くの交番に駆け込み、若い警官があわてて飛び出してきたのだ。

離れて見ていれば、本当にナイフで刺したように見える。

見えるように演技したのだから、見えてしまうのはしょうがない。サトルの倒れ方は正に迫真の演技だった。

まさか、それを目撃している人がいるなんて想像もしていなかった。一晩中、ふたりきりで、わずかに擦れ違った人がいただけだ。すっかり世界に二人しかいないみたいな気分になっていた。

＊　＊　＊

交番に来いといわれて、しかたなくついていった。二人、狭い交番のデスクの前に置いたパイプ椅子に座らされた。

警察官は駆け出しだったらしく、むしろ彼の方が戸惑っていて、近くの別の場所からベテランの警官を呼んで、その人からたっぷり事情を聞かれた。もちろん、ナイフなんかもっていなかったし、怪我もしてない。傷害事件になりようがない。

「通報されてしまうと一応事情を聞かないといけないいんでね」

ベテラン警官は、新人を責めるわけにもいかず、我々を責めるわけにもいかず、それでいてそれなりの威厳を保たなければいけないという感じで、ぎこちなく僕らを解放した。

何をやっていたのか、という質問にサトルはこう答えていた。

自分たちは芸人を目指していて、公園でコントの練習をしていたと。

「ああ、そうなんだ。いろいろ大変だろうけど、ぜひ、がんばってね」

別れ際、警察官に励まされた。

「ありがとうございます。がんばります」

僕は自然にそう答えた。

お笑いユニット「一心不乱モラトリアム」が誕生した歴史的瞬間だった。

最後に前髪を梳《と》かしながらドライヤーで分け目のところの髪を膨らませようと、鏡の中で手を動かすサトルの作業が年々長く丁寧になっていた。分け目で髪が薄くなっているのをカバーしようとしてくれる。あたりはとっくに白髪だ。

ドライヤーを止めて壁際のフックにかけ、くるくる回る赤白青三色のサインポールのスイッチを切り、ウィンドウのブラインドを閉じた。

閉店だ。

「おーい、行くぞ」

ハンガーからジージャンを取るタイミングで、サトルが二階に上がったミドリに声をかけた。

「はーい」

張りのある声が聞こえる。

行き先は商店街、三軒おいて並びの居酒屋「ひょっとこ」。

幼なじみ三人の楽しい月例会が始まる。

酔いがまわり、やがて、三人のうち誰がいちばん先に死ぬだろうという話題になり、やれ血圧だの糖尿だのコレステロールだのと数値を言い合った。

サトルとは、稽古や舞台で、何百回、いや何千回、お互いに殺し合ってきた。けれど、もし、サトルが本当に死んだら、おれは髪を切ってくれる床屋を探さなくてはならない。

それだけは勘弁してもらいたい。

第二話　三分の遅れ

秋風がやんだ。

西浦裕美《にしうらひろみ》は、梢のざわめきが絶えた音の隙間に、微かな、動物の鳴き声のような音を聞いたと思った。

猫か。でも、聞こえた音の長さにも音色にもすとんと思い当たるものがない。

この辺りには猫に餌をやる老人が何人かいて、駅近のそれなりに賑やかな場所なのに猫が多いのだ。猫は時にいつもと違う声を出して鳴くことがある。発情期には人間がうめくような声を出すこともある。生きているものは存在を賭けて自分を相手に気づかせる必要がある。自分を認めてとアピールするために鳴く。

耳を澄ましているところに電車が通過していった。騒音に耳を塞がれ思わず顔をしかめ、通過音に埋もれてしまうかもしれない音を聞き分けようとした。

電車の音も猫の声も別に珍しいわけではない。ふつうならそのまま掃除の仕事に戻るところ、箒を持った手は止まったままだった。胸騒ぎがしていた。人の気配を感じる。

箒と塵とりを両手に前屈みで作業していた手を休めたまま背筋を伸ばす。

あたりを見わたした。

何も見当たらなかった。でも気配がある。

自分に気配を感じる能力があったのか。武術の達人のように。

人がいたときに感じる気配とは、何者かの存在によって遮られる音とか、あたりの空気とは違う体温とか、動きによって生じるわずかな空気の流れとか、きっとそんなもののことをいうのだと思う。けれど、十一月にしては暖かかった日の太陽が沈んで、もう随分と時間が経ち、路面のアスファルトも建物のコンクリートも、蓄えた熱のほとんどを放出してしまった時刻。どこにも熱源のようなものはなくなっている。

　週に三日、午後八時に向かいにある自分の洋裁店を閉めてから、簡単な夕食を摂り、ここに掃除にやって来る。いつもは九時頃からだが、今日はアイロン掛けをしていて始めるのが十時を過ぎた。

　いつもより一時間ほど始めるのが遅くなったせいか、家を出ようとして寒いと思った。五十代も半ばを過ぎて歳のせいか、近ごろ、指の先の血の巡りが悪いような気がしている。この秋初めてホカロンの袋を開けた。

奉仕活動などというと楽しそうに聞こえないし、ボランティアというと妙に押しが強い感じがする。だから、裕美は一人、この狭い庭と玄関周りの掃除を夜のお仕事と呼んでいる。

始めた頃は朝早くに掃除をしていたのだが、裁縫で根を詰めて夜遅くまで仕事をしてしまうことが続いて、自分の担当の日だけ夜に変えてもらった。いまでは洋裁店の仕事で夜遅くなることなんてないのだけど、習慣でそのままになっている。

カトリックと違ってただでさえ地味なプロテスタントの教会の中でも、この右近山教会はとりわけ素っ気なく、普通の住宅の表札よりもいくらか大きいだけの看板をわざわざ注視する機会がなければ、そこにキリスト教会があると気付かない人の方が多いだろう。そんな右近山教会の小さな敷地の周りを箒で掃くだけの簡単なお仕事に、背徳的な響きをあてがって勝手に楽しんでいる。

集めた落ち葉を塵とりに掻き入れているその時、また何か生き物の鳴き声が聞こえたような気がして、改めて耳を澄ました。

何の鳴き声だろう。

ミューとか、プフンとか、カッとか、声帯が震えているというよりも、どこかが擦れたり唇がぷるんと震えたりする感じ。

また電車が通り過ぎた。軽い音。今度は上りだ。下り電車が大量の仕事帰りの人を郊外に運ぶためには、同じ車両の数だけ空の電車を都会に戻さなくてはならない。

「シーちゃん、どこにいるの？」

誰とわからぬ猫を呼ぶときと同じに声をかけてみた。

シーちゃんは特定の猫を指さない、呼びかけのためだけの名前、ワイルドカードだ。それがなんで「シーちゃん」になったのかは今となっては分からない。

「あらシーちゃん、雨に濡れちゃって寒そうね」

「シーちゃん、おなか空いてるの？」

初めて見かける猫は、いちばん最初とりあえずシーちゃんと呼ばれ、引き取り希望者によって野良猫から飼い猫に所属が変更になるタイミングで、まもなく「何て名前にしようかしら」という小さな協議によってその子だけの名前が与えられる。同時にシーちゃんの呼び名は改めてこれから出会うであろう未知の猫のために再びリザーブされるのだ。

「シーちゃん、どこにいるの？」

何もいないかもしれない。空耳だと半分思いながら、もう一度呼んでみた。

ニャア……。

もしカタカナにすれば猫の鳴き声。でも、どこか猫の鳴き声とは違う。

裕美は、塵とりに箒を立てかけたまま、玄関の脇、声がした方へ、そっと近づいていった。

＊　＊　＊

上り電車は空《す》いていた。もう午後十時を回っている。

席は空《あ》いていたが座る気になれない。

岩村陽菜《いわむらひな》はドアの脇に身を預けて、ぼんやりと窓の外を見ていた。外は暗い。ドアガラスが車内の灯りを反射して外の景色はよく見えない。頬をガラスに寄せて見ようとしていても、特別に何かを見たいわけでもなかった。

いい、いい、
知らんぷりをして世間を眺めていたかった。何も考えたくなかった。考えの行き着く先は決まっている。座って向かいの席の誰かと目を合わせるのも避けたかった。人の視線が気になって、よっぽどコートに付いたフードを被ってしまおうかと思った。暖房が効きすぎた車内で、それはずいぶんと不自然に見えるだろう。

コートの中は汗ばんでいる。

出るときに外が寒かったから、ヒートテックを着ていた。その上にタートルネック。自分の熱が自分の体の中で行き場を失っていた。ヒートテックは汗をかき始めると輪を掛けて暑くなる。

夏は冷房で寒いのに、寒いはずの十一月の電車はどうしてこんなに暑いのだ。コートを着てちょうどいい温度にできないはずもないだろうに。と思ってから、食ってかかる相手を見つけようとしている自分に気づいてぞっとした。どうかしてる。いや、もちろん今夜は普通ではいられない。

昼の仕事の人の多くはすでに家に着いたか、家に向かって下り電車に乗っている。都会へ向かう夜の仕事の人はあらかた出勤し終わっている。いま午後九時を過ぎてこの上り電車に乗っている人たちはいったいどんな人たちなのだろう。

みな俯いてスマホを見ている。文庫本を読んでいる若い男の子が一人。みんなそれぞれ境遇が違う。電車に乗っている目的もさまざまだ。上り電車に乗って仕事から帰る人だっているはずだ。カレシの家に泊まりに行く女の子。ビルやラブホテルの掃除とかの仕事ならそろそろ出勤時間かもしれない。

思考が飛んでいた。留まらず跳ねていないと思いが一点に集まってしまう。考えてはいけない。考えをあの場所から引き剝がさなければならない。せっかく電車はあの場所から自分を遠ざけてくれている。カタンカタンと軽やかに線路の継ぎ目を越える。時速五十キロで離れていく。

ビルとビルの間を走っていたところから川の上の鉄橋に出ると、金属的な音が反射しなくなって急に滑らかになる。レールの継ぎ目も鉄の車輪も同じだろうに、軽やかな振動音で、まるで違う車両に乗っているようだ。

真っ暗な川面に月が反射していた。川に沿った道に点々と灯りが連なって遠くへ続いている。

川を渡り終えると反対の河原は少し明るく、電気が点ったブルーシートらしきものが見えた。

あれは家だ。ホームレスの家だ。

寒さが伝わってくるような気がして、いつのまにか汗が引いていた。まもなく十二月になるというのに河原の家に住み続けている人がいる。夜遅く地下通路に段ボールハウスを作って風を避けているホームレスをよく見かける。コンクリートは冷たいだろうが、それでも河原の家よりはマシなのではないか。

河原と地下道、自分ならどちらを選ぶだろう。地下道の方が安心できるような気もするが、通り過ぎる人たちの存在と自分を比べてしまいそうで、河原の方がキャンプみたいで自由な気もする。

　学生時代、ある夏の終わりにテント泊をしたことがある。その場に好きな人がいて、非日常の昂揚感の中で遅い夏の恋が始まってくれないかと少しドキドキしながら、夜が更けるまで仲間たちと語りあった。テントの中で眠りに就いて、明け方にはずいぶんと冷え込んできて肩に力を入れて縮こまりながら朝を迎えた。寒かったけれど同じテントに好きな人がいるというだけでうれしかったし、その人の体温が狭いテントの中を温めていると思うだけで心にほのかな火が点っていた。寝袋の中からその人のいる側へ顔を向けてみるだけで、微かな熱線を感じられるような気がしたのだ。

　あのブルーシートの家に住むだれかにも好きな人はいるのだろうか。

　仲むつまじいホームレスのカップルの姿を想像してみた。

　夢想のうちに、電車はとっくに川を渡り終えて、住宅街を通過していた。

　遠くなだらかな丘に、明るい窓と暗い窓のまだらなマンション群が見えていた。灯りのない窓の住人はもう眠ってしまっているのか、それとも、まだ家に戻っていないのか。

　自分はこれから灯りのない部屋へ戻ろうとしている。

＊　＊　＊

「シーちゃん、どこにいるの」

西浦裕美の視野の中には何もいない。入り口の庇《ひさし》からコンクリートの階段と、その脇の車椅子用のスロープに灯りが当てられていた。いつも見ているその灯りが、今夜に限って人を誘っているように見えた。

だってそこは最後に掃くのだけど……。

ふだんの手順を変えろと誰かに指図されたような、小さな苛立ちの気持ちを抱えながら、光に誘われるようにドアの前へ進んだ。

ふと足もとを見る。

突然、目が合った！

予想外。目が在ったのだ。

まったく予想外の笑顔があった。

拳ほどの大きさの顔が笑いながら小さなピンクの口を動かしていた。ミルクの代わりに落ち葉の匂いのする空気を吸おうとしているように。

赤ん坊だ。そこにいたのは、淡いブルーの毛布にくるまれた赤ん坊だった。

あわててしゃがみ込む。

頬に手を当てようとして、一旦手を止めた。気休めだと思いながら自分のパンツの腿のところで手のひらを二、三度擦ってから両手で頬をくるんだ。

あ、ごめんね。冷たかった？

心の中だけでつぶやいてから気づいて「お掃除してた手でごめんね」と付け足した。

凍えているだろうと顔を温めようとしたのに、赤ん坊の方が温かかった。赤ん坊は一瞬顔をしかめ、そして、覗き込む裕美に向かって笑顔を見せた。宝石のように小さな瞳がＬＥＤの常夜灯の鋭い光で輝いていた。

なぜ赤ん坊がここにいるのか。誰かに問うまでもなく明らかだった。

真新しく見えるフリースの毛布、そして内側は淡いブルーのおくるみに包まれてその子は横たわっていた。男の子なのだろう。中はパジャマなのかロンパースなのか、紺色の生地に赤いハートが見えた。襟が涎で少し濡れて光っている。

捨てられたのだ。無数に真っ赤なハートが鏤《ちりば》められた服を着せられて。

身をかがめて抱き上げた。すぐ横に紙袋が置かれていた。

思ったよりずっと軽かった。赤ん坊の重さを忘れていた。

くはっ、とか、くぅ、とか、言葉にならない声を出して、赤ん坊は毛布の中で手をでたらめに動かしている。

ずっと昔、娘を育てていたときの、腕の感触や、胸や頬に感じる温かみを、思い出した。その娘はいま子供を産む歳になっている。

＊　＊　＊

岩村陽菜が自宅最寄り駅に着いたとき、改札へ降りる階段は反対側の下り電車から吐き出された大勢の乗客で埋まっていた。

陽菜はその集団から距離を取るように足を止め、深くため息をついた。

足が重たい。家に帰りたくない。

陽菜の住む第二豊荘《ゆたかそう》は、不動産サイトの表示で駅から歩いて十二分。不動産の徒歩一分は八十メートルだから九百六十メートル。パートで事務員として働いた町の小さな不動産屋でそれを覚えた。その距離を陽菜はいつも十分で歩く。

高校生の頃から歩くのは早かった。朝起きるのが苦手で、いつもぎりぎりに家を出て、学校の最寄り駅から走らないぎりぎり早足で学校を目指す。

「陽菜ったら、歩くのほんとにはえーな」

男の子とデートするときも、いつもの速度で歩いてたしなめられた。何もせず歩くだけの時間は苦手だ。そして、たいていの男は女の後ろに付いて歩くのが苦手なのだ。

スマホを取り出して画面を見た。

誰かのメッセージを待っているわけではなかった。何もしないことやゆっくりすることが苦手で、前の集団が捌けるまで立ち止まっているには何かをせずにはいられないというだけのことだ。

下り電車を先に降りた最後尾の客が階段に吸い込まれたのを確認して、ゆっくりと階段へ向かった。

こんな沈んだ気分の時でさえSuicaをかざして改札のフリッパーが開くのはいつものように少し楽しかった。お帰りなさいませと執事に傅《かしず》かれているような気分。家では休む間も与えられない奴隷のようなのに。

駅から自宅まで、自分らしくないゆっくりとした足取りで戻った。

少しも豊かそうなところのない豊荘というアパートの、ところどころ塗装が剝げて錆の出た鉄の階段を、できるだけ音を立てないようにそっと昇り、大家か不動産屋が何度も鍵屋でコピーを繰り返したらしい微妙に位置を合わせなければ回らない鍵を差し込んで、玄関の扉を開けた。足もとに並ぶ他の靴を避けながら履いていた靴を脱ぎ、冷たい床を足の裏に感じ、手探りで灯りを点けた。

照らされた視野に広がる光景を見わたす。

ＬＥＤに変えようと思いながらそのままになっている蛍光灯のちらつきの中に、片方だけの小さな靴下があった。

赤ん坊用品はすべて段ボール箱に入れて押し入れにしまったはずだったのに。どこにも片づける場所のなかった、折り畳んだベビーカー。

……そして、匂い。

赤ん坊がいる場所特有の匂い。ミルクとおしっことうんちの混じった匂い。その匂いの中で何ヶ月も暮らしていたはずだ。慣れてしまっていたのか匂いなど忘れていた。

おしっこにもミルクにもうんちにもあんなに煩わされていたのに、いま匂いが愛おしさを呼び覚ましてくる。

陽菜がトイレに籠もって泣いたのは三日前のことだ。

ニンジンを煮る鍋を火に掛けてトイレに行こうとしたときだ。幹太《かんた》がすごい勢いで泣き出した。またうんちだ。ついさっき料理の手を止めてお尻の面倒をみたばかりだ。

気が立っていた。

オムツを替える手元が雑になって床を汚してしまい、床まで掃除しなければならなかった。オムツのストックはあと五枚。明日には買いに行かなくては。オムツ替えが済んで気が抜けて床にぼんやりと座り込んでしまった。焦げた匂いに気づいて、あわててキッチンへ戻った。鍋の底でニンジンが焦げていた。底に触れている一列目はほぼ全滅。上の方はなんとか食べられそう。

換気扇を強にして、やっとトイレに駆け込んだ。

狭い個室は香り付きトイレットペーパーの香りで満たされていた。煮物の焦げた匂いも、赤ん坊の匂いもしない。

便座に座って大きく息を吸い込んだ。

わざわざトイレの空気を吸おうとしているなんてどうかしてる。便座に座ってほっとしている。

涙が出て来た。

悲しいと感じる前に涙が出て、それから泣いている自分の孤独に圧倒された。便座から目の前のわずかな距離にあるドアに掛けられた商店街のカレンダーと向き合って、狭い空間で視野の中に赤ん坊の痕跡が何もない場所にいることでほっとしていた。そして、ほっとしている自分を責めた。明らかにその時の自分はそこにいることで安堵していたのだ。

トイレから出たくない。

外ではモンスターがわめき続けていた。思い浮かべれば声だけで手足をばたつかせた姿が見える。思い浮かべてしまってから、同時に浮かんだ像を消そうとしていた。

離れたい。

逃げ出したい。

もう子供のことを考えたくない。

顔も見たくない。あの子のいる世界に戻りたくない。

忘れたい。泣きわめく自分の息子から自分の意識を引き剥がしたいと思っていた。

気がつくとトイレの扉の取っ手に手をかけていた。いったい自分はそれを開こうとしていたのか、向こう側から開けようとしてくる誰かに抗おうとしてたのか。

どっちを向いても壁まで数十センチしかない空間に閉じこもって安らいでいる。でも、香り付きのトイレットペーパーはもう買いたくない。この安っぽい香りが生活をさらに惨めにする。

ゆっくりと息をしながら耳を塞いでみると、ドアを隔てた息子の泣き声が遠のき、さらに心が安まるのを感じる。

眼を閉じた。できるだけ幸せな瞬間を思い出してみようと思った。自分へのご褒美に駅前の三島屋のあんみつを食べたときのこと、別れた夫と出会った頃に行ったディズニーランドのこと、学生時代、好きなサッカー選手を追いかけてアウェイまで試合を見に行って、推しの選手が目の前で決勝ゴールを決めてくれたこと、学園祭でファッションショーに出てそれからしばらく男の子たちにちやほやされたこと、その中の一人とデートしてみなとみらいの観覧車で二人きりになった時のこと、……。

自分にだって楽しい時はあるはずだ。たしかにあった。なのに、あった、という確信があるだけで、箇条書きのように言葉が並ぶだけで、本当に楽しい光景を少しも思い浮かべることができなかった。

耳を塞いだ手を少しずらしてみた。

モンスターは泣き止んでいる。

扉を開けて出るとき、流し忘れに気づいてあわててレバーを押した。勢いよく流れる水の音に何かが清められるような気がして、少し楽になった。できることなら抱えたすべての物を排出してしまいたい。

寝ている子供のおむつに手を当てた。後回しにしよう。ほんの少しだけ迷って、いまのうちに食事をすることにした。どんなつまらないことでもいい。赤ん坊に振り回されるのではなく、自分のペースで何かをしたかった。

茶碗一膳分にわけてラップに包《くる》んであった、握り飯未満の白いご飯を冷蔵庫から出し、チンして茶碗に戻し、二割引シールの貼られたメンチカツと味噌汁とで十五分間のディナータイムを終えた。

いま、モンスターは静かに眠っている。

生え際の柔らかな髪も、小さいのに大人と同じだけ精密に作られた指先の爪も、耳を近づけて聞こえてくる微かな寝息も、愛おしい。眠っているときは、いつだって可愛いのだ。こんなに愛らしいのだから、いまなら、我が子を愛していると感じられる。

あの日は結局そのことに安心したのだった。

今夜、冷え切った晩秋のアパートにもどって、忘れていた匂いに気づいて、また涙がこぼれた。近ごろ、ひとりで泣いてばかりいる。

泣きながら、今日は幹太がいないことで幹太を産んで以来一度も経験したことのない解放感を感じていた。

アパートは静かで、どこかの家のテレビの音が聞こえてくる。うちの子の鳴き声も周囲に聞こえていたはずだ。近隣の住人たちはそれをどんな気持ちで聞いていたのだろう。夜勤のある仕事の人もいる。親である自分ですら耳を塞ぎたくなる大音量のノイズが、薄い壁越しに、または視界を遮っている向かいのマンションの外壁に反響して近隣の部屋の窓硝子を突き抜けていただろう。

一度も苦情を言われたことはない。けれど、昼も夜も区別なく、ギアの歯が欠けて滑ったような天をつんざく大音響で泣く子供の声がこのアパートで聞こえていなかったはずがない。

わたしたちは騒音を出しながら周囲に甘えて生きてきたのか。

赤ん坊が甘えるのはしかたがない。それなら、わたしが周囲に甘えて生きてきたのか。

朝起きて、身支度もそこそこにベビーカーを押しながら八時過ぎに家を出て保育所に立ち寄り、夕方は肩身の狭い思いをしながら四時か五時に職場を離れ、保育所で子供を拾って、買い物をしながら家にもどる。自分のための食事なんか作る気力がないから、夕方に割引になった惣菜を買って帰る。献立は何が安くなっているかで決まる。何を食べるか自分で先に決めて選んだことはほとんどない。

「今日はお昼に二度戻しました」

「うんちがいつもよりやわらかいようです」

保育連絡帳に書かれた言葉を見て、子供の額に手を当ててみる。たぶん熱はない。唇も乾いていない。

心配はしても大丈夫だと根拠もなく自分に言い聞かせる。

生きのびるために、自分には正常性バイアスが必要だった。

本当は心配だけど、仕事に出なければ生活していけない。「具合の悪い時は預けないでください」と言われている。他の子供に病気を感染《うつ》してはいけないし、保育士にだってもちろん感染させてしまう可能性はある。でも、赤ん坊はただでさえ頻繁に食べたものを戻したりお腹を下したりする。その度に仕事を休むことなどできない。保育所だってそれを分かって大目に見てくれるのだ。

モンスターがいなくなった。

張りつめていたものが今はもうない。

朝になるまでゆっくり眠ることができる。鳴き声が近所に届くこともない。全身の力が抜けていく。抜けて初めて、いつも力を入れたまま暮らしていたのだと気づいた。

自由だ。ついに自由なのだ。なんという解放感だろう。


これでいい。これしかない。自分に言い聞かせていた。

たいていの時間、幹太を愛していた。

盛大にうんちをしたオムツを替えている時ですら、シートできれいに拭きながらお尻に触れると、指先から伝わる柔らかさは、いつだってあらゆる想像を超えて心地よく、いつまでも撫でていたかった。

目の前に人差し指を出すと、幹太は小さな指を総動員してそれを摑む。その手のひらはいつも湿っていて、握る力はふわりと弱いけれど、五本の指は精密に調整された最低限の力でねっとりと指を絡め取ってくる。その愛おしい感触を楽しんで、今度は少し意地悪をしたくなって指を引き剝がすと、彼は小さいのに宝石のように輝く瞳で、指先の行方を追いかけてくる。そのとき、ほんの少し口を尖らせるのがまた可愛くて、両手で頰を包んで愛でるのだ。それは彼へのご褒美のようだけれど、本当はわたしがその感触と温かさを愉しんでいた。

そんな時、わたしは彼の父親が誰であるかということを完全に忘れている。

父親はわたしとこの子を捨てて他所《よそ》へ行った。

月に十八万円の養育費を払うという約束だったけれど、支払われたのは最初の一度だけだ。今にして思えば、相場より高い金額を提示してきたのは裁判を起こさせず、さっさと決着を付けるためだったのかもしれない。安月給ではないが、新しい女と暮らしていくのに過去の人生に十八万円を払い続けるのはそれなりに地獄だ。その女にとっても。

「他に好きな人ができた」

ある日、そう言ってきた。だから別れてくれと。

＊　＊　＊

裕美が教会のドアの脇で見つけた赤ん坊を拾い上げたとき、猫ではない「シーちゃん」は意外にもうれしそうに笑って見せた。知らない大人に抱き上げられたらきっと泣き出すだろうと思っていた。この子には自分への警戒心がまったくない。

とりあえず中に入れたほうがよさそうだ。

左腕で赤子を抱え、空いた手でドアを引き、中に入ると、壁のスイッチで電気を点けた。ドアクローザーの作用で遅れて扉が背中で閉まり音を立てる。

右近山教会は小さなプロテスタントの教会だ。

設《しつら》えは簡素で、正面の壁の十字架以外、普通の部屋よりいくらか天井が高いくらいであまり教会らしさはない。室内楽を演奏する小さなホールだといえば、たいていの人が信じるだろう。オルガンはＫＯＲＧというロゴが大きく目立つ簡素なシンセサイザーで、三十客ほどの椅子は、どこかの企業のサロンの払い下げで、かろうじて同じものが揃えられている。結婚式場のチャペルの方が何倍も立派だ。

掃除だけは行き届いている。それがわたしたちの誇りだ。自分たち会員の何人かが買って出て交代で毎日掃除をしている。

ドアから近い椅子に赤ん坊を降ろした。紙袋には替えのオムツが入っていた。

もう一度抱え上げ、いちばん前の席へ移した。神様に近いところがいい。

さて、どうしたらいいのか。

警察に届けるべきか。

まずは牧師を呼んで相談をしたかったが、今日は長崎へ出張している。

この子はこれからどうなるのだろう。たとえば、警察に届けたら、どういう扱いを受け、どこへ送られ、これからどこでどういう人に育てられ、どういう人生を送ることになるのか。

いま、この瞬間にどういう選択をしたら、この子の人生を幸多きものにできるのか。それを知りたかった。手続きに載せて手順に従うことでよい人生を得られるのならそれでいい。けれど、少なくともいま何かをするとしたら、その先にどんなことが待ちかまえているのか、知った上で選んでやるべきではないか。仮に選択肢があるとすればだけれど。

考えてもわからなかった。まず、どうするべきなのか事前の知識が何もない。

拾った落とし物は警察に届ける。遺失物、拾得物の手続きは決まっている。詳細は知らないけれど、きちんと決められているはずだ。

拾った子供は……拾得物ではない。

どうしたらいいのか全然わからない。落とし物なら何度も届けたことがある。赤ん坊を拾ったことはなかった。予備知識も何もない。

わからないからといって、このまま警察に届ければいいとは思えなかった。思いも寄らぬものを背負い込むことにはなった。でも、簡単に厄介払いをするわけにはいかない。

だが、今日これからの居場所はここではない。十字架の下に置いたからといって、それで幸福は約束されない。

とりあえず自分の家に連れて帰って面倒を見ようか。一晩ならいい。できる。二晩では？　大きくなるまで育てられる？　答はノーだ。ここで出会っただけで、ずっと先まで愛情を抱き続ける自信など持てない。何の心の準備もないところへ、この子は突然やって来たのだ。

＊　＊　＊

結婚に於ける最大の失敗は浮気男を選んだことではなく、仕事を辞めてしまったことだ。陽菜はいまそう思っている。

結婚前の仕事は中堅の編集プロダクションで企画の仕事。徹夜をすることもあったがフレックスで働く時間に融通が利いた。続けていれば、保育所にお金がかかっても少しくらいの貯金もできたはずだ。

　結婚をきっかけに三年で自分の環境も大きく変わったけれど、それだけ世の中も動いているのだ。結婚して専業主婦という、多くの人にとっては月並みな、でも自分にとっては新しいチャレンジを選んだつもりだった。そのチャレンジに失敗したとたん自分に残されたのは店先の貼り紙を見て応募する最低時給プラスアルファの職場だった。

　悪くない給料で働いていた。仕事も任されていた。大きな不満はなかったのに、結婚と同時に退職した。専業主婦になることを彼が強く求めたというわけでもなかった。

　デートの相手を置いてきぼりにして早足で歩くような女が、結婚をきっかけに新しいチャレンジとして、そういうのをやってみてもいいと思っただけだ。

「陽菜が専業主婦だなんて、南海トラフがびっくりして地震が起きるわよ」

　昔からの友人たちは、びっくりしたり呆れたりした。

「あなたは男の人生もずいぶん変えたけど、男であなたの人生も変わったわね」

　恋愛は人をどのようにも変える。以前のわたしの性格から説明できないことでも、彼女たちはそれを全部恋愛のせいにして、説明できたような気になっていた。同時に、それは私自身の納得のさせ方にもなる。

　乳呑み児を抱えて生活を作り上げるのは大変だった。想像していたことが想像通り大変で、さらに想像もしていなかったことが次から次へと身の回りに湧いてくる。昼も夜も関係なく、二十四時間子供のために生かされている感じ。自分の時間はすべてシュレッダーにかけられたように細かく裁断され、考えごとをしたり、何かにじっくり取り組むということがまったくできない。

　子を保育所に預けて、パートに出ている時間だけが気が休まる時間だった。保育所の近くに安いアパートを見つけ、近くに十時から四時までいいという不動産屋で二ヶ月働いた。オーナーもいい人で子育てには都合が良かったが、収入が足りない。賃金交渉をしようにも、難しいことは何もなくただ言われたことを言われたとおりにやる仕事で、安い時給はフェアな金額だと思った。

　子育てマザーが収入を増やすには働く時間を長くするか、どんな要素にせよどこか危ない仕事をするしかない。能力よりも覚悟の問題らしい。ピンクのラッピングで高収入を歌う曲を流しながら通過する宣伝カーが街角を通り過ぎるのを見る。乳幼児を持つシングルマザーに高給の専門職や企画職のオファーはない。社会の仕組みがそうなっている。あらゆる職業の人が子育てをするはずなのに、なぜか子育てができる求人は単純作業ばかりで全部低賃金なのだ。低賃金の仕事を長くやれば子供を預ける時間も長くなる。まるで保育料を払うために働いているような蟻地獄。働けば働くほどただ子供と隔離される時間が長くなるばかりで余裕が生まれることはない。

時計の針を戻すことはできない。今ではかつて自分を引き立ててくれた上司もいなくなって戻れる場所もなくなっていた。すべては後の祭りだ。なんでこうなってしまうのだろう。だれでもない、ぜんぶ自分の責任だ。

分岐点はたくさんあったような気がするけれど……。

沈む。沈んでいた。

医療費控除のためにエクセルに領収書を入力していた。

いつ子供が泣き出すかわからないけど、レシートの二枚か三枚くらいなら入れられる。家計簿のファイルを開いて入力専用のシートに向かって入力を始めた。

このページで分類を指定しておけば、医療費なら医療費のシートに、保険料なら保険料のシートに自動的に記録される。主婦になってまもなく、関数とマクロを駆使して自分で作った。

それがいまは与えられた画面にひたすら数字を叩いていく単純労働最低時給だ。マクロは作らない。勝手なことをすれば叱られるし、時間給の単純労働を簡略化したら収入が減る。この世の中は有能な人間が仕事を早く終わらせて早く帰宅するより、効率の悪い仕事で残業をした方が給料も増えるし出世も早くなるようにできている。一番勉強したはずの英語にしても、ＴＯＥＩＣ八百二十点はまるっきり宝の持ち腐れで一銭にもならない。

キッチンからチリチリという音が聞こえた。

しまった。

お茶を淹れようと思ったのは何分前だ。

わずかに残った水が玉になってピチピチとヤカンの底で跳ねている様が目に浮かんだ。空焚き独特の匂いがすでにあたりに満ちていた。あわてて火を止めた。ヤカンの口からはもう湯気も出ない。中を全量蒸発させてしまったヤカンは拍子抜けするほど軽かった。握った取っ手が熱い。ヤカンを買わないで済めばいいけど。

何やってるんだ、自分。

手を伸ばして換気扇を強にする。そのタイミングで赤ん坊が泣き出した。ようすを見に子供のところへ行く途中で、こんどは床を這うパソコンの電源アダプターのケーブルに足を取られる。

赤ん坊のようすを確認して元の椅子に座り直したところで青ざめた。

画面が消えていた。最悪の予感がした。スリープになっているのに違いないと考えようとした。

正常性バイアスはすぐに裏切られる。

とりあえずの目的に中古で買ったノートパソコンはバッテリーがだめになっていて、電源を繋いでいないと五分と保たない状態だった。ローバッテリーでスリープモードに入るまでの時間すら間に合わなかった。

電源アダプターのケーブルが無言で床に「の」の字を描いている。

祈りながら電源をつなぎ直し、心の中で手を前に合わせながら起動を待った。もう人間は何もできない。ただ運命の神に祈るだけだ。

残念なことに、予想通りの結果になった。家計簿のファイルは消えていた。

もっとちゃんとしたパソコンを買っておけば良かった。とりあえず動けばいい保証なし一万五千円。買ったときには自分で新品のバッテリーに交換すればいいと思っていたのに、懐が寂しくて後回しにしていた。

お金も、体力も、時間も、どこかに余力があれば……。それでも、誰も褒めてくれないし子供には泣かれてばっかりだけど思ったより挫《くじ》けずにいる。

電極近くが黒ずんだままの蛍光灯がさめざめと部屋を照らしている。

顎に力が入っていると気がついたその時、またモンスターが目覚めた。

ギアの噛み合わせが滑っているような「音」に近い「声」。

うんちの泣き声だ。

うんざりした気持ちで泣き声の元へ近づいた。

我が子の顔を見下ろしてため息をついた。

この小さな身体のどこからこんなに大きな声が出て来るのだ。

頭の中がその声でいっぱいになった。甲高い音が脳味噌を揺すぶってくる。

目を背けたくなって横を向くと爆音が片方の耳に直接届く。胸をえぐるような声から逃げようとしたのに、事態はひどくなる。

目をつむった。

両手を伸ばして、赤ん坊の存在を探った。暴れる手なのか足なのか、何度か手に当たってくる。

どこにいるの？

手と手の間に小さくて柔らかくて温かい顔があった。

いた。この手の中に捕まえた。

頭の中を何かがぐるぐる回っていた。泣き声に脳味噌が掻き回されている感じがする。

手のひらから熱い温度と頼りない感触が返ってきた。

目を開いた。

彼がわたしを見上げていた。

あわてて両手を離した。

今度は自分が声を上げて泣いた。

いま、幹太の首を絞めようとしていた。

＊　＊　＊

掃除どころではない。

西浦裕美は置いたままの掃除用具を取りに外に戻り、用具庫にそれを仕舞った。

手を洗いながら考え続けていた。

教会の外に置き去りにされた赤子の将来を最善のものにするにはどうしたらいいのか。

改めて扉をくぐって目に入った赤ん坊は、教会の最前列で光に照らされて何か特別な存在に見える。

特別だ。親の手を離れて今ここにいるのだから、特別な運命を背負っている。

ポケットに手を入れ、ホカロンで十分に温めて、両手でその子の頬を包んだ。たくさん温めたはずなのに、いまも自分の手より、ずっと外にいた彼の頬のほうが温かいような気がした。

瞳が自分を捉えると、小さな顔に警戒心が芽生えたかのように見えたけれど、それもすぐに消えて、じっとこちらを見返してきた。訴える言葉はまだこの子に身についていないだろう。

泣き出すと思っていたのに、ただじっとこちらを見ている。この子は母親とそれ以外の人間を区別できるのだろうか。

なにか、身元がわかるものか、手紙のようなものが添えられているかもしれない。

もう一度、紙袋の中を調べて見たが、紙オムツ以外には何もない。おくるみを解いても、毛布の内側を当たってみても、何もなかった。

答を出す手がかりが見つからない。

やっぱり一一〇番をしよう。

スマートフォンを出そうとした手が滑って床に落ちた。あわてて拾い上げて、割れていないか確かめようとした画面に、娘が孫を抱いた写真があった。見るたびにアルバムからランダムに表示してくるその写真を見て、決心が鈍った。

警察に知らせたら、この子が母親の元にもどるチャンスが無くなってしまうような気がした。そんなことはないのかもしれない。ただ、この先のことが分からないのだ。

でも、その時、思った。

どうしたら、この子が母親の元にもどることができるのか。

自分が子供を捨てた親だったら、今ごろどうしているだろう。

裕美は急いで、赤ん坊をおくるみに包み直し、元通り毛布を巻いて胸に抱き上げた。

急ごう。今この瞬間にも母親がドアの外に来ているかもしれない。その時にいなかったら、きっとそれがこの親子の永遠の別れになってしまう。

小走りでドアを開け、見つけた場所にそっと置き直した。

わずか十分かそこいら一緒にいただけなのに、どこかこの子との別れが惜しいような気がする。

少しだけ待とう。賭けをしよう。この子の母親がこの場所に戻ってきて、この子を抱き上げて家に帰る。その可能性を信じてみよう。

電車の通過する音がした。時計を見た。まもなく時刻は二十三時。終電まであと四十八分。チャンスはきっとある。

まるで電車が巻き込んだような風が吹いて思わず肩をすぼめた。

裕美は赤ん坊をくるんだ毛布をいったん解き、ポケットの中からカイロを取り出して毛布の隙間に差し入れ、ふたたび毛布を重ねた。絶対に低温火傷をしないように注意深く。

＊　＊　＊

これでいいのだ。

自分にそういいきかせたのは何度目だろう。

怖い。

おかしくなっている。

自分の異常さに気づいてしまった。

頭痛がするのは睡眠不足か肩こりのせいだと思っていた。本当にその通りかもしれないけれど、自分の体と心の状態がおかしい。自分が自分を制御できていない。我が子のあの甲高い鳴き声が始まると、強烈な拒否感が心と体を支配し始める。

手の中にいまでも柔らかくて生温かい感触が残っている。自分の子供の首を絞めようとしていたあの時の感触だ。

初めのうちは自分があの子のいないところへ逃げ出したいと感じていた。それを義務感だか倫理観だかで抑え込んでいたのだ。それが破綻し始めて、彼の方を自分の目の前から消し去ろうとした。

あの時は運よく、本当に運よく、正気に戻って踏みとどまることができた。自分の手許にあの子を置いておけば、いつかこの手で殺してしまう。首を絞めるか、放り投げて床に落とすか、壁に叩きつけるか、手にした刃物を突き立ててしまうか。

かわいい。

本当に可愛くて可愛くて何があっても大事にしたいと思うのに、彼が叫びを上げるモンスターに化けると、わたしの頭の中が変になって、記憶がつながらなくなり、その間にとんでもないことをしようとする。

もしかしたら、記憶がつながっていないその断絶の部分で、今までも何か恐ろしいことをしていたのかもしれない。いつどこでできたのか分からない傷を見つけることがあり、もしかしたらそれは記憶の外の自分の仕業かもしれないと思い始める。あの子を殺してしまう前に、そんな自分に気がついて、ほんとうに良かった。

とにかく、今朝も、わたしが目覚めたときにあの子は生きていてくれた。

でも、明日までの間に、あの子はまた何度も甲高い声を上げて泣くだろう。その時こそ、今度は本当に、あの子を殺してしまうかもしれない。

思いが胸の中でどんどん大きくなって、どうにも消し去ることができなくなっていた。

ゴジラとゴジラに踏み潰される自衛隊の戦車ほどの、親と赤ん坊の圧倒的な体格の差をもちながら、親であるわたしが分別を失い荒れ狂うことの恐ろしさ。

いま自分が子供にとってもっとも危険な存在になっていた。それを自覚したことで、さまざまな思いに揺すぶられ続けている。

静かに夜が更けていた。あの子のいない夜はなんて安らかなんだろう。

とても小さな存在なのに、あの子がいないだけで、この部屋がとても広く感じられる。そうだ。片づけたのだ。あの子を置いて戻ってきた時に、あの子の痕跡が目に入らないように。出ていたものを四十五リットルのビニール袋とアマゾンの段ボールに詰めて、押し入れに押し込んだ。

外の階段を昇って来る足音がした。もう隣の旦那さんが帰って来る時刻か。ドアチャイムが聞こえる。建て付けの悪い扉が開く音。

「ただいま」

「お帰りなさい。あら、早ぁーい。今日は終電じゃないのね」

「もうむりだよ。毎日終電じゃ身体がもたな……」

隣の夫婦の会話の尻尾が閉められたドアの奥に消えた。疲れた声だった。それでもどこか声が弾んでいるように聞こえた。

壁の向こうに温かい家庭がある。鍋を火にかければまもなく温かい食べ物が食卓に並ぶだろう。

〈今日は終電じゃないのね〉

壁一枚向こうの夫婦の暮らしを思い浮かべるうちに、いましがた耳にした会話がフラッシュバックしてきた。

あわてて時計を見た。午後十一時二十二分。

指紋認証に人差し指を押し当ててスマホ画面を開いた。

【経路検索】　現在地からJR西山上《にしやまがみ》駅まで、出発：現在時刻。

【検索】

到着：午前五時二十四分。

これは明日朝の始発だ。そんなはずはない。

【詳細を表示】

現在地（徒歩十二分）JR遠山多《とおやまだ》駅北口（構内徒歩三分）

やっぱりホームまで歩いて十五分かかるという条件で検索している。それだと終電に間に合わない。わたしの足なら北口改札まで歩きでも十分で行ける。

【1本前】

発車：午後十一時三十二分。到着：午後十一時四十八分。

これだ。これに乗ろう。

腰に手を当てて部屋を見回した。

一時間ほど前に帰宅したときのまま、テーブルの隅に部屋の鍵とポーチが置かれていた。椅子の背に投げてあったコートを拾い上げて羽織った。

大丈夫、わたしは足が速いのだ。少し走れば余裕だ。

脱ぎっぱなしの靴に足を突っ込み、外からドアを勢いよく閉めた。鍵を挿すのに少し苛立ち、足早に階段を降りる。足もとで、鉄の階段が夜空に向かって大きな音を立てた。

ごめんなさい。

誰にともなく心の中で謝った。

＊　＊　＊

「西浦洋装店」の店舗からはガラス越しに、右近山教会の出入口がよく見える。

扉の脇に置かれた赤ん坊は見えないけれど、もし、思い直した母親があの子を取り戻しに来れば、その姿は間違いなくここから見えるはずだ。

母親が戻って来るかどうかは分からない。一度子供を捨てた親だ。それでも、このままあの子をあの場所から動かしてしまえば、親子が再び会うチャンスが断たれてしまうような気がした。もちろん年月が経った後でも、何らかの方法で記録にたどり着くことはできるだろう。けれど、いま、もし母親にまだ迷いがあるとしたら、教会までもどって来る可能性はゼロではない。もどって来て、赤ん坊がいなければ、完全に手放す方に迷いが吹っ切れてしまうような気がした。

気温が下がっている。いつまでも赤ん坊を野外に置いておくわけにはいかない。でももう少しだけ、暖かくしてやってせめて最終電車が駅を出るまでの小一時間待ってみよう。警察に届けるのはそれからでも遅くない。一晩くらいなら我が家で預かってもいいのだ。

始めのうち、手仕事をしながらようすを見ていようと思っていた。気になってとうてい仕事など手につかなかった。それに電気を点けると硝子が光って外を見にくくなる。

そんなこんなで「店の電気を消してガラス越しに教会のようすを見る」という、いい年をして、かくれんぼのような、警察の張り込み捜査のような様相を呈してきて、事態は深刻なのに自分のしていることがどこか滑稽な気もする。

駅から続く教会の前の人通りはそれほど多くない。歩道を照らす街路灯の下を女性が一人で通りかかる度に、「もしかしたら」と息を呑んで見つめる。さっきからそんなことを繰り返していた。

子供の母親がどんな人なのか思い浮かべようとしていた。いや、赤ん坊を預けにきたのは母親ではなく父親かもしれない。そのことに気づいてからは、男性が通っても心臓の鼓動が高まるようになった。具体的なイメージを作れば作るほど、子供のことを余計に不憫に思う。

最終電車まであと何本あるだろうか。

上下線の終電の時刻は知っていた。古い木造店舗兼用住宅の引き戸の隙間から、毎晩、最終であることを告げる駅のアナウンスが微かに聞こえてくるのだ。昼間はそれなりの喧噪の中にある駅前も、この時刻には静まりかえっている。

いま、そのアナウンスが聞こえて、上りの最終電車が出て行く音がした。

壁の時計をみると、あとは下りが到着するまで七分ほど。そこから改札を出て教会まで歩いてくるのにかかる時間はせいぜい五分くらいだろうか。あと十五分ほどでチャンスに賭けた時間は終わる。

電車に乗らない人かもしれない。それはもうどうでもいいのだ。たぶん、最後の努力をしたという自分のアリバイ作りと、待つことを止《や》めるきっかけが欲しいだけだ。でなければ永遠に待つことを止められない。

物を拾ったのではなく、親からはぐれて迷子になった人を見つけたのだ。

赤ん坊が心配だ。

寒くて凍えていないだろうか。夜にうろつく野犬がいたりしないものだろうか。嫌な想像が働き始める。

もう親を待つのはやめて、暖かい部屋に招き入れた方がいい。何度もそう思いながら、あと少しあと少しと先延ばしにした。

＊　＊　＊

やかましい階段は、最後、一段飛ばしで地面に降りて、岩村陽菜はアパートの敷地から勢いよく道路へ飛び出した。

大丈夫、まだ走らなくてもいい。速めの早足で間に合う。そう思って歩き始めたが、気がつくと小走りになっている。

いつもより息が切れる。息が浅い。意識して息を深く吐き出すようにすると少し楽になった。

時折、駅から家に向かうサラリーマンと擦れ違う。この時刻に急ぎ足の女は不審人物のようだ。三人目のサラリーマンは千鳥足だった。コンビニの外でストロングを飲みながら煙草を吸っている若者の粘り気のある視線を感じながら、さらに道を急いだ。

救急車の音が近づいて、右手から回転灯の光が見えて来た。

《救急車、信号を直進します。救急車、直進します》

全体の交通がスローダウンする。二車線の中央寄りにいた車が左へ寄って道を空けようとしている。左の車線には赤信号で止まった車が列をなしていて、すぐには中央車線に余地ができない。その間に救急車はその車の後ろまで追いついた。

交差点のすべての車が動いていいかどうか判断しきれずに停車するか大幅にスローダウンしていた。

目の前の歩行者信号が青になった。

渡るべきかどうか決めかねた。

ブロックしている車があと三十センチか五十センチ、左へ避けることができれば、救急車は直進できる。急いでいたが、救急車の進行をブロックしたくはなかった。

もしかしたらそれで中の誰かが死ぬのだ。

だめだと思い始めた。

時計は見ていないが、ロスタイムは三十秒を超えている。いや、まだ挽回できる。マージンがあったはずだ。

交差点は車同士お見合い状態になって硬直している。救急車はその中をぬるりと通過し終わり、加速して遠ざかっていった。

目の前の青信号が点滅して終わろうとしている。

ここでどうしても渡らなければ！

足を踏み出した視野に黄色い車が入ってきた。タクシーか。急ブレーキの音がした。すぐ目の前に車体が入り込んでくるのを、とっさに斜め後ろに倒れて避けた。

「大丈夫ですか」

駆けよってくる男の人がいた。

「なんでもありません。だいじょぶです」

予想される好意を跳ね除けるように叫んだ。一秒が惜しい。

アスファルトを背中に感じながら小さなパニック状態で、どっちへどう起き上がったらいいのか分からなくなっているうちに、男の人にむりやり抱き起こされた。

「あ、すみません。ありがとうございます」

木偶人形《でくにんぎょう》のように抱えられ、やっと地面に立った。

「警察と救急車、呼びますから」

それは困る。

「いいえ。ありがとうございます。急いでますから」

申し訳ないと思いながら振り切って行こうとして前を見る。信号はすでに赤になっていた。

渡ってしまおう！　むりだった。車が流れていてもう渡れなかった。

天を仰いだ。ここまで来て、これが別れになるのか。

もともと戻っても無駄なのだ。今ごろあの場所に戻って、あの子がいるわけがない。

これでいい。別れるつもりだったんだ。これでいい。きっとどこかで幸せに生きてくれる。わたしのところにいたら今度こそ殺してしまう。これでいいのだ。

タクシーから運転手が降りて来た。

目を合わせたくなくて前を見た。

信号が青に変わった。

全力で走り出していた。

＊　＊　＊

《本日の下り最終電車が、約二分遅れで、二番ホームに参ります。お乗り遅れのないようにご注意ください。本日の最終電車です》

駅のアナウンスが聞こえて、それから列車が加速を始め、踏切を通過する音がした。いつもの終電の音だけれど、今夜はシャッターを開けたままだからよく聞こえる。

教会の前にはまだ誰も現れない。

そう。わざわざ子供を捨てに来たのだから、それには相当な事情があるのだろう。よっぽどの決心の必要なことだ。二時間三時間でそれが急に解決するはずもない。

あと五分、いや、午前零時になるまで待とう。

＊＊＊

走れば間に合うはずだったのに、救急車に阻まれ、その次にはタクシーに轢かれそうになって、まもなく駅というところで、信号ひとつ分時間をロスした。

万事休す。

それでも走った。

間に合わないだろうが、とにかく走ろう。諦めるために走ろう。間に合うはずであったのに、予想外のことでほんのわずか足止めされたのは、それは神様がその方がいいと決めてくれたのだ。わたしに育てられるよりも、それがあの子のためなのだと。

それでも走った。全力を尽くしたと確認するために。

苦しくて、心臓が口から飛び出しそうだったけど、そのくらいは苦しむべきだと思った。重罪を犯したのだ。自分の子供を捨てたのだ。

改札口が見えた。

表示板には一行、赤い文字が点滅していた。

最終電車が入線するサインだ。

でも、音がしない。ホームに入ってくる電車の音がしない。

改札を駆け抜けた。階段へ弧を描いて進路を変えた。駆け上った。

《お待たせしております下り最終電車、定刻より約三分遅れて、まもなく二番ホームに到着します》

間に合ったのか。間に合ったのか……。

もう一度、会いに行けということだ。あの子と離ればなれにならないためにチャレンジしろということだ。

ホームに滑り込んできた車両から降りてくるたくさんの人々をやり過ごすあいだ、大きく肩で息をしながら心の中で祈った。

「どうか、わたしが戻るまで、あの子があの場所にいますように。誰にも見つかっていませんように」

乗り込んだ電車がやけに明るくて、ひとり大きく肩で息をしている自分が恥ずかしかった。

右近山教会のある西山上駅のホームに列車が滑り込もうとしていた。

陽菜は止まるまでの時間ももどかしく、ドアの前に立っていた。ぴったりドアの中央に立ってスライディングドアが開くと同時に飛び出した。

先頭で階段へ到達しないと前を塞がれて走れなくなる。運よくドアの位置は階段に近く、誰にもじゃまされることなく下まで駆け下り、改札口を抜けた。

駅前の小さなロータリーを右回りに走り、駅から斜めに伸びる道へ出れば教会はすぐだ。

走った。苦しくても走った。顎を左右に振りながら走った。ここまできて、わずかな差であの子に会えなくなるなんてことがあってはならない。

しばらく進んだ先に、教会の門はまだ開いていた。

見覚えのある扉が灯りに照らされている。

あと、三メートル、二メートル……。

「幹太……！」

声を飲み込みながら叫んだ。誰にも気づかれてはいけない。

さっき、置いたそのままに、我が子がいた。

「幹太。ごめんね、いてくれてありがとう」

抱き上げた。頰をつけた。

「寒かったよね。ありがとう。いてくれてありがとう」

幹太の匂いがした。

長居はできない。誰かに見つかる前に、早く立ち去った方がいい。

我が子をしっかり抱いて、急いで敷地から出た。そこからは、ずっとこの通りを歩いてきたように振る舞えばいい。まもなく街路灯の下で立ち止まった。明るいところで息子の顔を見たかった。覗き込んだ幹太が笑った。

「ごめんね」

謝りながら、幹太を揺すった時、毛布の隙間から何かが落ちるのが見えた。

あわてて拾い上げたそれはとても温かい。

カイロ？

声も、涙も。堪えられなかった。街路灯の下で人目も憚《はばか》らず、岩村陽菜は大声で泣いた。頰が熱くなった。

毛布の中に、カイロなんて入れてなかったのに。
連れてくるとき、この子が、寒いだろうなんて考える余裕なかったのに。
誰なの？　なんて優しい人なの。
よその子だよ。よその子なのに、なんでこんなに優しいんだろう。
親は捨てたのに。親はこの子を捨てたというのに。

陽菜が泣いている歩道のちょうど向かいにある西浦洋装店には、店じまいのために シャッターを閉めに現れた一人の女性の姿があった。
彼女がシャッターを閉める音が、静まった町に響き、そのまま晩秋の夜空に吸い込まれた。

第三話　月の誘惑

広い通りを渡ると町名の表示が銀座《ぎんざ》から渚町《なぎさちょう》に変わった。

潮田悠真《しおたゆうま》は当てもなく海へ向かっていた。

二ブロックほどで海沿いへ出た。さっきの路地よりずっと明るかった。ここは海辺全部が観光地なのだ。

岸壁が段々畑のようにいくつものステップになっている。ちょっと変わった風景だ。地中海のどこだかの港町の風景のようだという雑誌の記事を目にしたことがある。

ヨットハーバーを横目に進むと、明るい突堤の付け根に出る。

ライトに導かれるように先端のモニュメントを目指した。ムーンテラスという場所の名前の通り、ちょうどモニュメントの上空に丸い月が輝いていた。

ライトアップが明る過ぎて、海はただまっ黒だ。空と海の境目すら区別できない。

それでも月だけは煌煌と観光ライトアップに加わっている。

海に向かって突き出たところを見つけて、とりあえずそこを目指してしまう自分を笑った。

モニュメントは噴水になっていた。

見上げる柱は、サモトラケのニケの翼のような、両手首を密着させながらいっぱいに開いたふたつの掌《てのひら》のような、ちょっと不思議な造形物を戴き、そして、手首に例えられる部分から、どくどくと水を溢れさせていた。

「もしかして、トオルさん？」

後ろから声をかけられた。深夜の公園だ。誰もいないと思っていた。

「ちがうけど」

「ちぇ、ばっくれられた」

「だって、僕はトオルじゃないから」

「そうじゃなくて」

そう言ってから、女は言葉を詰まらせた。

肩まで伸びた髪はきれいに揃えられていた。年は二十歳か、化粧で大人っぽく見せているが、もしかしたらもっと若い。アイドルグループ出身のタレントにちょっと似ていた。

「わたし、もう三十分も待ってるんだ」

「僕が来た五分前には居なかったじゃないか」

「あそこに座ってた」

手で示した先には花壇が並んでいた。植え込みの縁にベンチがあった。海へ向かって来るとちょうどライトアップが逆光で眩しい。それで彼女に気づかなかったのか。

「ずっと立って待ってられないもん」

「なんでこんな時間に一人でここにいるんだ」

「待ち合わせ」

ふてくされた顔で頬を膨らます。

「こんな時間に?」

「こんな時間だから」

どういうことだ。

「電車なくなった」

「どこまで帰るの?」

「関係ないじゃん」

「知らない人と待ち合わせてたんだろ」

「なんでそんなことわかるのよ」

「だって、僕のことをトオルって人だと思ったんだろ。その人の顔を知らないってことじゃん」

こっちもじゃんになっていた。

「あなたほんとにトオルさんじゃないの？」

「なんだよ。なんで俺がうその名前を名乗る必要があるわけ？」

「会ってみたらわたしの顔がかわいくないから、ばっくれようとしてたりして」

彼女の顔を見つめた。

「ほんとの名前教えて」

先に自分が名乗れ、と思いながら視線を外さないでいた。

「わたしはハル」

名乗られてしまって、自分も名乗るしかなくなった。

「悠真」

「あ、いい名前」

小娘に調子を合わせられている感じがする。

「待ち合わせの場所をここにしたのは君？」

「そう。遠くから見てヤバそうならばっくれる。夜は人がいないから、駅とか明るいところだと向こうに先に見つかっちゃう」

いつも待ち合わせの時、離れた所から相手を見ているわけか。

「僕はヤバくないと思われたわけか」

「でも、別人だった」

「ごめんな」

なぜか謝ってる。

「知ってる？　ここ、恋人の聖地っていうんだよ」

ハルが指差した足元の銘板に、その通りの恥ずかしい名前が刻まれていた。夜中に女と出会った場所が「恋人の聖地」だと。

見遣《みや》った彼女は、思わせぶりに顎を引いて下からこちらを見上げてきた。「ね、わたしってかわいいでしょう？」という顔だ。きっとインスタに上げる写真を撮るときにもそうやっている。

「ねえ」

目が合ったまま、ほんの少し時間が過ぎた。

「ホテル代おごってくれない？」

来た。

きっとこの子は、いつもこんなインスタ顔を見せて、こう言っている。

そう思いながらも心は揺れた。身体は疲れ切っていた。自分だってこれからでもチェックインできるホテルがあれば休みたい。都会のビジネスホテルなら深夜にチェックインできるところはいくらでもある。でも、ここは熱海だ。夕食前にチェックインして海の幸を食べる、一泊二食付きで温泉に浸かる町だ。

「近くに知ってるホテルあるから」

思わせぶりはもういらないと判断したらしい。

するりと腕を絡めて来た。もう他人が見たら自分たちは恋人同士にしか見えない。

二人、海から離れる方向へ歩き始めていた。

大きく露出したハルの滑らかな肩がライトアップで光っている。シチュエーションとしてはかなりやばい。

＊　＊　＊

また最終退場か。

現場から戻ると、オフィスには誰もいなかった。

時刻は午後九時四十分。

どっと疲れが出た。

いや、もしかしたら、まだ誰か現場にいて戻って来ていないのかもしれない。この時刻にこのフロアに残っている人間はエンジニアで、たいていは現場に用がある人間だ。


製造現場に用がある人間は二種類。

第一は、現場からサポートを頼まれているエンジニア。装置が故障したり、製品に異常が起きたときの対処方法を知りたがっている。つまり、現場から頼りにされている人間。部署名でいうなら生産技術部所属の技術者。

第二は、現場に頼み事のあるエンジニア。実験をしたり試作品を作ったり、イレギュラーな仕事を頼む、言わば、現場からは嫌がられている仕事を持ち込む人間。

潮田悠真は、第一技術部に所属する迷惑がられる方の技術者だ。

新しい製造方法を研究する第一技術部は、次の世代の製品を作るために今の標準から外れた条件で実験をするのが仕事だから、日々の生産ノルマを課されている現場からすればイレギュラーな仕事を持ち込んでくる邪魔な存在ということになる。

ただでさえ面倒で嫌がられる上に、現場向けの検査基準が示されていない実験ロットでは、途中のいくつものチェックポイントで技術者が判断しなくてはならない。そのため、あらかじめその工程に差し掛かったら実験ロットを止めるという指示を出しておく。それを「技術ストップ」と呼ぶ。技術部の指示で実験品の流れを止めるという意味だ。

実験ロットでない製造現場の製品の場合、作業者は、常日頃、いかにロスタイムをなくして短い時間で製品を流すか、それによって、一定期間にいかにたくさんの製品を仕上げるか、それを目標として管理している。

技術者は午前八時三十分から午後五時三十分までの日勤だ。工場は二十四時間稼働している。仕方がないこととはいえ、現場からすれば、ノルマにカウントされない「技術のロット」を作業してもチェックポイントで止まってしまえば自分たちの努力が報われないと考える。自然に実験ロットの作業は後回しになってしまう。

技術開発だって時間との勝負だ。他社よりも早く、画期的な技術を注ぎ込んだ製品を世に送り出すことが求められている。そのために「技術ストップ」と「技術ストップ」の間の作業は滞りなく進んでくれないと困る。

二十四時間稼働している工場で動かす実験ロットが、どの時刻にチェックポイントに差し掛かるかわからない。そのタイミングを逃さないために待機する時間が多くなる。昼間の勤務時間に技術ストップが来ればいいが、残業時間、深夜、早朝、週末のどこにだって、実験品がチェックポイントにやって来るなら、できるだけすぐに対応できるように待機したいと思う。

かくて、仕事は深夜に及ぶ。徹夜をすることにもなる。土曜日曜も待機することになる。

最終電車ぎりぎりの時刻まで待機していても、現場が作業してくれずに、空振りになることもある。そんなとき、未明にストップしたロットの滞留時間を最小にしようとすれば、終電で帰宅して始発電車でまた会社に出て来ることになる。

深夜早朝の通勤時間は一時間五十分。列車の本数が少ない時間帯に三回の乗換がある。

いつも思う。何のために家に帰るのだろう。

終電で帰宅して始発に合わせて家を出ると、家にいる時間は五時間を切る。

重い体を引き摺ってアパートに辿り着き、鍵を開けて電気を点ける。

脱いだ靴下をランドリーバッグに放り込む。

洗濯済みは残り一足。明日には洗濯しなければならない。夜遅く帰ってから洗濯しても乾かない。洗濯が終わるのを待つ時間だって惜しい。いつだったか、朝のうちに洗濯機を回して、そのまま会社へ出たこともある。夜遅く帰宅すると洗濯槽の縁に貼りついた洗濯物は腐った臭いを発していた。昼休みに売店で新しいのを買っておかなくてはならない。せめて休みの日にユニクロへ行くことができればいいのだけれど、布団から這い出すことができない。起きても外へ買い物に出る気力が湧かない。そうして会社の売店の靴下とパンツが増え続けるのだ。

とりあえず顔を洗う。

冷蔵庫から賞味期限切れのさつま揚げを出す。

チューハイを出して立ったまま一口飲む。寝た方が睡眠時間は取れる。だが、飲まなきゃやってられない。

シンクの中を塞いでいる汚れた食器たちが臭いを発している。かといって洗う元気はない。気休めに、上からしばらく水をかけ、食器の中に溜まっていた水をいくらか新しい水に入れ替えた。エンジニアの直感で九十五パーセント以上、新しい水に入れ替わったと思う。同じレベルに臭うまで一日以上かかるだろう。

椅子に腰を下ろして時計を見る。かなり前に午前一時を回っている。

やっとエアコンから冷たい風が送り出されてきた。シャワーを浴びたいのを我慢して、お湯を絞ったタオルで体を拭いた。まだ自分ではわからないくらいの匂いに収まっている。仕上げに冷たい水で拭いた。少し生き返った。チューハイで火照った頬に冷たいタオルが気持ちいい。

歯をみがきたいけど……と思いながら、パンツ一丁でベッドに倒れ込んだ。

三時間五十分眠れる。

どうか、朝、生きて目が覚めますように。

本当は、実験条件でない部分で、現場が通常通りに標準条件の作業をしてくれればいいのだ。そうすれば、何時間後に技術ストップになるか、工程が予想できる。それだけで無駄な待ち時間がなくなる。だが、しばしば実験ロットは後回しにされる。早くやってもどうせストップがあると思われている。だから、最速を予想して待機する。だが、予想どおりに進んでくれない。

現場の班長に事前に交渉に行く。

「このロット、標準工期では午後七時半までにストップに行くと思うので、ぜひ、その通りにくるように進めてください。多少遅れても午後九時までは事務所で待機していますから」

急いでくれと言っているわけじゃない。標準で進めてくれ、いや、それより一時間半余計にかかってもいいから、九時までに、と頼んでいるのだ。それでも思った通りに進まない。

この実験がうまく行けば、来年の三月には新製品を発表することができるかもしれない。上の方では、もうそういう計画になっている。営業部門にも資料が回っている。

都内の本社に呼ばれて、プロジェクトの状況を説明させられた。

楽観的なことを言ったつもりはない。条件が揃えば可能だと言ったはずだ。「条件が揃えば」。試作のスケジュールが守られること。それを絶対条件にしたはずだ。

「スケジュールを守る為に、何か必要なことはありますか」

プレゼンテーションの席上、常務に聞かれた。

「製造部が試作の日程をコミットしてくだされば」

資料のパワーポイントに太字で書いたことを繰り返した。

「大丈夫ですね」

常務は事業部長に確認した。

「そのように指示します」

「わかりました。よろしくおねがいします」

常務の目は満足げだった。

帰り道、事業部長に聞かれた。

「試作のスケジュールはむずかしいのか」

「本来なら、むずかしくはないです」

「本来とはどういう意味だ」

「あくまでも標準工期を元にして、技術ストップでの滞留時間を平均八時間、つまり、九時五時と通常の残業時間の範囲なら一時間以内の対応、その他の時間で止まる時は最大十四時間程度止まることもある、というようなことを織り込んで実験スケジュールを立てています。それを守ることさえできれば」

前提条件をすべて数字を挙げて説明したつもりだった。

その時、事業部長は頼もしそうにこっちを見ていた。

だが、試作中の実験ロットの進みは少しも改善されていない。

説明の仕方が間違っていた。できない。むずかしい。そう言うべきだった。いまではそう思っている。後の祭りだ。実験ロットが標準工期でなんか進まないということを、事業部長は知らないのだ。我が社は標準についてうるさい。すべてのことが標準になるように改善を続けている。そんな自負もあるのかもしれない。イレギュラーなことがふつうに起きているという理解がなかった。

現場が動いてくれなければ、実験結果が揃わない。データが集まらなければ開発が停滞する。

しかたなく、現場に通い詰める。

「潮田さんは熱心だからやってあげよう」

そんな現場の人たちの温情にすがるのだ。結果を出すためなら何でもやるしかない。

二十四時間操業の現場は三直二交代制。つまり、三つの作業班が午前七時から午後七時の日勤の班、午後七時から午前七時までの夜勤の班、休みの班と三つに分かれて順繰りにローテーションしながら、二十四時間三百六十五日稼働している。だから、三つの班のすべての作業員に「熱心さ」を売り込まなくてはならない。

そのために、残業時間のできるだけ遅い時刻に用事をつくって顔を出す。徹夜したときは夜中に顔を出し、早朝にも顔を出す。夜討ち朝駆けだ。

潮田さん、まだ会社にいる。

潮田さん、今日は徹夜なんだ。

潮田さん、朝早いなあ。

他の技術者があまりいない時間帯を狙って「潮田さん」を売り込む。

夜勤から日勤へ、日勤から夜勤へ、現場の班が交代して控え室へ出て来るところへ行って「おつかれさま」と声をかける。

「俺たち、なんだか政治家みたいだね」

同じように別のプロジェクトの試作をしている同僚がぼやく。

彼は新入社員の頃、(形式上)労働組合に駆り出されて市議会議員選挙の応援に行っていた。独身寮住まいで会社のある相模原《さがみはら》市民なのだ。組合専従の社員を会社が議会に送り込む。選挙事務所を手伝わされたが、選挙の裏側を見るようで面白かったと彼は言う。

候補者は日頃から情報を集めてはいろいろな団体の会合や冠婚葬祭に顔を出し、朝の通勤時間に駅前に立って「今日もお勤めご苦労様です」と辻立ちをする。試作品を先に進めるために名前と顔を売ることが、市議候補者みたいだといわれて、苦笑いをせずにはいられなかった。

いつも潮田さんは働いている。技術ストップまで進めればすぐにチェックに来る。そういう評価を獲得することで、潮田さんのロットだけは「どうせ技術ストップで止まるから、後回しでいいや」とならないように作業をしてもらえるようにする。「がんばってるアピール」だ。

たしかに事業部長から、一筆、製造部長あてに「試作特急依頼」は出ていた。だが、それが課長、係長、班長、そして、それぞれの工程の作業担当者まで、せっぱつまった依頼として伝わらない。

社員十一万人。プライム上場企業のトップから数えて五番目の常務取締役が推すプロジェクトであっても、号令一下、末端までは伝わらない。

世界で競争をする企業の新製品開発の仕事が、それでいいのかといつも思っていた。競争相手が三回実験する間にこっちは一回しかできない。そんなことで、競争を勝ち抜いていくことができるとは思えない。だが、現実のこの会社では、上の意志が、討議の上で会社としての決定事項になったはずのプロジェクトとその優先順位が、実際に物を作るところまで降りてこない。

そのすりあわせをするのが、自分の、エンジニアの、仕事なのか。

考える度にもやもやする。

エンジニアリングは純粋科学ではなく理論でもない。科学技術を応用して物を生産する技術。自然の法則を応用して、与えられた材料や予算や人や設備、それらをどのように組み合わせれば、最善の答を出せるのか。それを探るのがエンジニアリングだ。だとすれば、どうやって関わっている人を動かせばよいか、その答を見つけるのもエンジニアリングの一部かもしれない。

そう思ってはみる。思ってはみるが、納得がいかない。それは、技術者ではなく、だれか別の人の仕事のように思えて仕方がない。


もうくたくた、疲労困憊だ。早く家に帰りたい。

海外の新技術についての論文を読むためではなく、測定データを分析するためでもなく、態度で示し、がんばってるアピールをするために残業する。徹夜をする。早出をする。それが自分の職務なのか。

ツンと胸が痛んだ。

思わず左胸に手を当てる。

肋骨の何本目かのすきまがチクチクする。

息を止めてしまいそうになり、意識して大きくゆっくり呼吸をする。左の耳の後ろがヒクヒクする。脳味噌の中心みたいな位置に鈍い痛みを感じる。

誰もいない部屋の照明がひどく眩しい。天井灯が滲んで見える。

おかしい。体のどこかがうまく動いていない。

とにかく息をしよう。ゆっくり、大きく。何にしても酸素が必要だ。

不整脈。肋間神経痛。狭心症。心筋梗塞。脳梗塞。くも膜下出血。

検索したことのある病名が頭に浮かぶ。

事務所にはもう誰もいない。ここで倒れたら、警備員の巡回時刻までは誰にも発見されない。

何度も徹夜しているから知っている。次の巡回がここに来るのは午前一時四十分過ぎ。そんな時刻にやっと発見されたらもう死んでる。

大丈夫。あの時と同じだ。

いまが初めてじゃない。三週間ほど前、早朝出勤してくる途中だった。乗り換えるとき、階段の途中で胸が痛くなった。似てる。まったく同じではないが、似ている。あの時は、二分ほどうずくまっているうちに直った。ホームで発車ベルが鳴っていた。直ったが、死ぬのが怖くて走れなかった。午前五時台だ。次の列車まで二十分ほど待つことになった。その電車でよければ二十分余計にふとんの中で眠れたのに……。ホームのベンチに座って微睡《まどろ》んだ。列車が来た時に確実に目が覚める浅い眠りをなんとか保とうとしながら、ほんの五分か六分眠ったと思う。

あの時も生きのびた。だからいま、ここにいる。

大丈夫。

脈はちゃんとしている。

あの日もこうして手首に手を当てて脈を測った。脈が飛んでいるような気がして、さらに指を強く押しつけた。脈拍を逃すと、次の脈が見つかるまで、もう二度と脈が来ないのではないかと思うわずかな時間が怖かった。

二度目だ。待っていれば収まる。

息をしろ。ゆっくりだ。胸に手を当てて肺が膨らむのを確かめた。

こめかみの奥で血管が脈打っていた。

さっきは脈を失うのを怖れていたのに、今度は脈が強すぎて、頭の中で血管が切れるのではないかと不安になる。

裂けたホースの横から水が高く噴き上がるイメージ。あるいは、千切れたホースの先が勢いよく水を噴き出しながら、生き物のようにあたりをのたうち回るイメージ。

そうだ。いいぞ。ゆっくり、ゆっくり、大きく、……息をしよう。

体が緩んできた。いままで全身に力が入っていたと気づいた。

床に膝をついていた。大丈夫。誰かのスチールデスクの角に手を置いて、ふらつかずに立ち上がった。天井の蛍光灯が眩しい。自分の席まで数メートル。椅子を引いて腰を下ろして、もう一度、大きく息をした。

時刻は……。スリープから復帰したＰＣの画面の時計は二十二時十八分。

次のピンチが来ていた。

胸の痛みで二十分が過ぎていた。

自宅まで電車で帰ることのできる南橋本駅最終電車は二十二時四十二分。事務所を出て工場の夜間通用門を出るまで五分、門から駅まで歩いて十八分。今すぐにここを出なければ間に合わない。

だが、すぐに出ることはできない。オフィスを出るまで最低でも十分はかかる。

事務所の出口にある最終退場チェックリスト、つまり、最後にオフィスを出る者が確認しておかなければならない、二十数項目のチェックをすべて済ませなくてはならない。

チェックをせずに退出すると「遺漏事故」扱いになる。

終電の時刻が迫っていることは、チェックをしなくてもいい理由にはならない。

あらゆる事故には、その原因があり、兆候がある。

だから、小さな原因の目を潰し、わずかな兆候を察知することが、事故防止のためには必要とされている。「事故を防ぐためのチェックをしない」ということは「事故を誘発するイベント」を起こしたとして扱われるのだ。

あらゆる事故を防ぐために、人間の裁量に任せず、決められた手続きによって幾重にも機械的に安全確認をする。それは自分が働く製造業では当たり前のことだ。

そうした無数のチェックリストによって、製品の安全性や品質、職場の安全、建屋や製造装置の保全がなされている。

「十分注意する」という個人の裁量ではなく、何時何分にどことどことどこをどういうふうに確認したのか、その履歴を残すことが絶対に必要なものとされている。

その当然すべき「当たり前のこと」が、いま、悠真の前に立ちはだかっている。

チェックノートの最終ページを見た。

最後の行の昨日の日付。サインは生産技術部小山《こやま》。

三年前に入社した同期、同じフロアの別の部に所属している小山昌太郎《しょうたろう》が、昨日の最終退場だった。現場の班長によれば、昨日は調子の悪いレジスト塗布機があって、製品の流れが悪くなっていたという。小山はそれで遅くまで機械の調整をしていたのかもしれない。

チェックリスト本体は専用のタブレットになっている。

最終退場開始のボタンをタップすると、一ページごとにチェック項目が表示される。

コピー機Aの電源が切られているか。コピー機Bは？　工程監視端末のモニター1および2の電源は？　（本体は昼夜通電だ）

給湯室の天井灯、トイレの天井灯、会議室の天井灯四箇所、第一技術部天井灯、第二技術部天井灯、生産技術部天井灯、各部の最終退場者はそれぞれにチェックをしているはずなのだが、三つの技術部が同じフロアで自由に行き来できるから、フロア全体の最終退場者はさらに全体のチェックをしなければならない。ならば最終退場者だけがチェックすればいいではないかという自分の出した改善提案は却下された。すべての案にはプラスもマイナスもある。新しい案に少しぐらいプラスがあっても、前例を覆すのは簡単ではない。

事業部長に聞いた話では、大学院を出てこの工場で働き始めた頃はこのチェックリストもすべて紙だったそうだ。

その頃だって世界に冠たるエレクトロニクス企業だった。世界中のコンピューターにうちの会社で作った部品が使われていたというのに、社内の技術部門にさえ、実験データの解析用、生産管理データの参照用など、パソコンが数台しかなかったという。報告書はもちろん手書きだった。自分も古い報告書を調べたことがあり、スキャンされた手書きのものを読んだことがある。

「人にコンピューターを売っていながら、自分の所は経費がなくて買えなかったんだ」

紙のチェックリストは、人間の裁量で好きな順番でチェックができてしまう。それによって、最初に飛ばした項目がそのまま忘れられてチェック漏れになることがある。最終退場者は例外なく疲れている。早く帰りたいと思っている。

誰かの改善提案で、早々にチェックリストはタブレット化されたらしい。エンジニアの仕事の効率化にはお金は惜しんでも事故ゼロが目的なら予算が付く。

最終退場専用端末は一ページに一項目。その項目のチェックが終わらなければ次の項目へ進むことができない。飛ばして、先の項目をチェックすることができないようになったことで、チェック漏れがなくなったという。

帰り支度を先にした。

定期券さえもっていれば、家に帰り、また明日、出社してこれる。途中でも家でも、何かをするほどの時間はない。あとは財布でオーケー。走ってもこぼれ落ちないように、デイパックのポケットのジッパーを確認した。

鞄を背負った後の勝負は何分で最終退場チェックができるか。

慣れている。次のチェックがどこなのか、ほとんど体が覚えている。次のポイントへ移動しながら、チェック済みアイコンを押し、確かめ、またクリックする。オリエンテーリングだと思えばゲーム感覚で最短記録が出せるかもしれない。

二十四ページ目、最後に自分の部の天井灯を消して完了。あとはところどころにある、常夜灯の明かりだけになった。

《最終退場チェック完了》
《お疲れ様でした》
《　22：28　》

ゆっくりやれば十五分はかかるところを、八分ほどでやり遂げた。

ピンチは続いている。最終電車までに残された時間は十三分しかない。とにかく向かう。間に合わせるしかない。選択肢はないのだ。

技術棟を一階まで降り、夜間出口の鉄扉を押して外へ出ると、月が出ていた。その超然と光る姿に足が止まった。

そこですぐに走り出さなかったのは、心のどこかで諦めていたからだと思う。何ヘクタールもある工場は静まりかえっていた。同じ敷地内に、いまこの時刻にもフル稼働している生産現場がある。その音も光も、通用門へ向かう道まで届いては来ない。大きな箱に充満したエネルギーから離れようとするように、黙々と、一定のペースで敷地の外を目指した。

「お疲れ様です」「ご苦労様です」

通用門の脇にある守衛室の小窓から声がかかり、声を返す。

ほんの一歩、工場の敷地から外へ出ただけで肩の力が抜けてゆく。自分はもう会社にはいない。自由な時間の中にいる。足を速めた。間に合うスピードではないと思っていた。それでも無駄に駅へ向かうのではなく、目的のある道を歩いているのだと思いたかった。

少し早足で歩くだけで、息が上がってきた。体から発する湿気がいつまでも体に纏わり付いていた。水を飲むべきだった。最終退場の作業に追われていた。走るべきか何度も自分に問いかけた。その度に走らないという答を出した。体調が万全じゃないのは明らかだ。死んでたまるか。残業で過労死なんて、最高にカッコ悪い。恥ずかしい。こんな夜中の人通りのない道で倒れるくらいなら、会社で死ぬ方がいい。

《相模原事業場　労働災害ゼロ　653日》

朝、正門から入った広場の真ん中の掲示を思い出した。

どうせならあの数字を「ゼロ」にリセットしてやる。

そう思ってから、自分の心が病んでいることを自覚した。六百五十三日前に起きた労働災害とはいったいどんなものだったのだろう。その日、自分も同じ工場の敷地にいたはずだ。どこかでだれかがケガか何かをした。安全第一が標語だ。それは社内報で報じられていただろうか。職場ミーティングで話されたりしただろうか。何の記憶もなかった。いや、自分が労災事案になって多くの人に取り沙汰されるのはいやだ。堪《たま》ったものじゃない。

さっきの月が中天から自分を見下ろしている。

向かいの工場の長い塀に沿って歩きながら駅を目指す自分を見て、あの月は何を思っているだろう。どうして今夜は月に人格を感じているのだろう。

もう最終電車は出てしまっただろうか。

夜道で見る腕時計の針は見難かった。

十時四十一分。

あと一分ある。

走り出した。絶対に間に合わないけど、努力した気分にはなれる。自分に言い訳ができることは大切だ。それに一分くらいなら走っても大丈夫のような気がした。危なかったらすぐにやめればいい。

曲がり角の手前で電車の音がした。

間に合わないことが確定して、むしろほっとする自分がいた。

なんで走ろうなんて思ったんだろう。どうかしてる。くだらない考えが浮かんできて、くだらない行動をしている。

遅れて脈が上がってくるのがわかった。そして、もう足を止めているのに、その脈がなかなか下がらない。やはり体調は良くない。

駅が見えた。もう三十分は電車が来ない。ゆっくりでいい。

歩きながら乗換案内アプリを起動した。

ＪＲ南橋本駅から東急大井町線九品仏《くほんぶつ》駅。

二十二時四十二分のさっきの電車に乗っていれば零時十一分には着いていた。次の電車は二十三時十分発、九品仏到着予定時刻は午前五時四分。二子玉川駅で四時間半、始発電車を待つことになる。ため息が出た。二子玉川なら少しは土地勘があるけれど、歓楽街ではない。朝までやっている店は思いつかなかった。終電が発車すれば駅からは追い出される。朝まで路頭に迷う。

最終退場チェックをばっくれればよかった。いや、それは始末書だ。そのまま会社で徹夜をしてしまえばよかったのだ。仕事が遅くまでかかって、終電を逃して徹夜になったのなら、早朝に現場に行って、がんばってるアピールもできて、すべては丸く収まる。徹夜した後は代休を取る決まりになっているから、それから帰宅すれば、むしろ、ゆっくり休むことができたかもしれない。

家へ向かうことに、まったく意義を見いだせなくなっていた。

かといって、もう会社に戻ることもできない。早出届が出ていないと、ＩＤカードをかざしても技術棟のドアを開けることができない。いわば不審人物として入場を拒絶されるのだ。

Ｓｕｉｃａ定期をかざして南橋本駅のホームのベンチに座った。

どこからか虫の声が聞こえていた。月は屋根に遮られて見ることができない。気温は下がってきているが空気はあいかわらず湿っていた。

動悸が収まってくると、べったりと不快に感じていた湿度を、やわらかいと感じるようになった。

二十三時十分発のオプションについて考える余裕が出てきた。大井町線の終電に間に合わなくても、東横線が動いていればその駅から歩けるのではないか。大井町線の駅の間隔は短い。自由が丘までなら歩いたことがある。横浜線から東横線へ菊名で乗り換えれば自由が丘に零時五十六分につく。午前一時十五分にはアパートに着く。

よかった。問題は解決した。その時はそう思った。

〈まもなく、二十二時五十四分発、茅ヶ崎行きの電車が参ります。黄色い線の内側に下がってお待ちください〉

自分以外、誰も居ないホームに響くアナウンスの音が大きすぎると思った。

遅れて音が近づいてきたと思うと、まもなく音も軽やかに真新しい車両が滑り込んできた。初めて見るピカピカの車両だ。鉄道マニアの同僚が相模線にもＥ１３１系が導入されると話していた。Ｅ１３１系がどんなものなのか、さっぱり興味がなかったが、毎日乗っている相模線で初めて見る形の車両だから、きっとこれがE131系に違いない。ステンレスと思われる車体には傷も無く、それほど明るくはないこの駅のホームの照明にもキラキラ輝いている。まっすぐに伸びる濃淡のブルーのラインが新鮮だ。

ベンチに座ってホームに停止するのをぼんやりと見ていた。

目の前のドアが開いた。誰も降りてこなかった。

次の瞬間、立ち上がった悠真は吸い込まれるようにその列車に飛び乗った。

「本日上り電車の運転はすべて終了しました」

「本日下り電車の運転はすべて終了しました」

各ホームに掲げられた行き先表示だけは、疲れを見せていくつかドットが消え、文字が読みにくくなっていたが、とにかく、赤いドットでもうこの駅を出発する電車はないことを伝える最後の任務を果たしている。

疲れた自分の体を抱えながら、それを見て小さな笑みが湧いてきた。電車の中で十分か二十分眠って疲れが取れたのだろうか。休みは大切だ。

相模線南橋本駅から自宅へ帰る橋本方面最終電車に乗り遅れ、次にやって来た反対方向茅ヶ崎行きの電車に、衝動的に飛び乗った。

最寄り駅まで辿り着けず、最後は自腹のタクシーでアパートにもどり、わずかな睡眠時間で、疲れの溜まった身体を引き摺って、また会社に向かって家を出る。数時間後にそんな日常に戻ることを、悠真の心が拒否した。

何のあてもなかった。

何日も前から玄関で裏返っているジョギングシューズ、シンクに溜まったコップやどんぶり、縁からべろんと靴下が飛び出している洗濯カゴ、トイレットペーパーの芯が転がっているトイレの床、潰しても袋から溢れそうなビールの空き缶、封を切らないまま束ねてあるクレジットカードの請求明細書。そんな日常が待ちかまえていない場所に向かった。

目的はなかった。目の前でドアが開いて、明るい車内が見えた時、帰る方向と逆に行きたい衝動が生まれた。それに自然に従っただけだ。

見わたす限り、車内に乗客はいなかった。

どかっと座席に腰を下ろした。なんだろう、この解放感は。

終着駅まで行く。途中で降りない。だから眠っていい。

乗り過ごすことを心配しなくていいというだけで、平穏な気持ちになれる。ふとんの中で眠ることができるのは、四時間か、長くても六時間、働きずくめで通勤時間も睡眠時間に変えなければ到底生きていけないのに、寝入ってしまって乗り過ごす心配をしながら、うつらうつら浅く短い眠りをパッチワークして過ごす毎日の通勤電車。電車の行くところまで自分も行くと決めるだけで、深く眠ることができる。

「お客さん、終点です」

車掌なのか駅員なのか、鉄道会社の制服を着た人に肩を揺すられて起こされた。飛び乗った相模線が終点茅ヶ崎に着いたらしかった。

寝ぼけ頭のまま、ホームへ出た。

その先、どうするか考えなくてはならなかった。

いま自分は茅ヶ崎駅のホームに立っている。

JR横浜線を橋本で相模線に乗り換える出勤の朝、「茅ヶ崎」という文字に誘われて、南橋本駅で降りずにそのまま終点まで行ってしまいたいと何度思ったことだろう。会社のある相模原は内陸にある。サザンビーチのある湘南茅ヶ崎と相模原が一本の鉄道で結ばれていることがどこか信じられなかった。あの茅ヶ崎と同じ名前の湘南の駅とは別の場所なのではないかと思ったくらいだ。

いま、初めて相模原から茅ヶ崎にやって来た。懸案事項が解決した。そんな小さな感慨はあった。だが真夜中である。真夏の日差しが照りつけるあの海岸はない。浜に立っても湿った夜風の吹く真っ黒い海があるだけだ。

この時刻でも浜辺に誰か居るだろうか。

花火で遊ぶ若者。カップル。どちらの仲間にも入ることはできない。何より、夜が明けるまで過ごす方法を思いつくことができなかった。朝までやっていて、初めてでも入りやすそうな店も検索で出てこなかった。

それでも不思議な解放感に満たされていた。不幸せな気持ちではなかった。

〈まもなく、六番線に二十三時五十三分発、東海道線下り熱海《あたみ》行き最終電車が参ります〉

遠くのホームのアナウンスが聞こえた。

とっさに走り出していた。

衝動だった。熱海なら何とかなる。行ってみる価値がある。だって、温泉だ。観光地だ。ホテルだってたくさんあるだろう。外来者を受け入れる町だ。少なくとも終点まで眠っていられる。

考えても、検索しても、いいアイデアが出なかった。新天地を求めるのだ。

走った。二番ホームから六番ホームまで、走った。

階段を降りきったところで、ちょうど列車がホームに滑り込んで来る。

ゆっくり前に進み、前からここで立って電車を待っていたかのように、点字ブロックの手前で列車が停止するのを待ち、静かに座席に就いた。

走ってしまったと気がついたのは座ってからだった。

息が上がっていた。

なぜだか笑いがこみ上げて隠せなかった。

会社を出るときのことを忘れていた。そもそもそのせいで終電に乗れなかったというのに。

夜が更けてくるほどに目が冴えて元気になることはよくある。生活のリズムなんてものはない。休める時間に寸暇を紡《つむ》いで休む。五分でも十分でも、休みを細かく繋いで身体が壊れるのを防ぐ。そんな暮らしでとっくに自律神経はぐしゃぐしゃに掻き回されている。

これから熱海へ向かう。小旅行だ。

いつになく心が晴れやかだった。

ガツンと連結器の嚙み合わせに力が伝わった瞬間、また眠りに落ちた。

〈まもなく、終点、熱海に到着いたします〉

アナウンスの声に目を覚ますと、窓の外が急に明るくなった。

熱海駅は思ったよりも大きい。

時刻は零時四十二分。僅かな眠りで少しだが疲れが取れた感じがする。

腰を上げて、ホームに降り立った。

〈ＪＲ東日本をご利用くださいまして、ありがとうございます。各方面の最終電車が、……到着……、いたしましたので、お近くの改札口、出口へお進みください。駅構内では始発電車のお待ち合わせはできませんので、ご了承ください。まもなく各出入り口の扉、シャッターを閉めさせていただきます。ＪＲ東日本をご利用いただきまして、まことにありがとうございました〉

アナウンスはきれいな滑舌で丁寧に録音された音声だったが、機械で繫ぎ合わせたらしい不自然な間があった。

行く当てがない人間に対して駅の中で夜を明かすことを拒絶するアナウンス。その柔らかな声の女性のアナウンスが冷たく感じられた。青白くやたらに明るい天井に反射する声が、胸の奥をチクチクとつついてくる。

最終電車が終わってしまったとき、その場にいる乗客の何割かはそれぞれの絶望を感じる。流れる駅員の肉声には、どこか疲れを感じる投げ遣りさの中に、これで今日の仕事が終わるという解放感が見え隠れするものだ。であるのに、昼間、完璧に声の調子を整えておそらくはスタジオで録音されたノイズのないクリアすぎる女性の声は、最終列車の到着駅にもっとも似つかわしくない。

熱海は初めてではない。

大学を卒業して、いまの会社に就職する前の三月だった。その時、自分は、最後の春休みを休みらしく休もうと思っていた。つまり何もしないでいようと思ったのだ。入学以来、ずっと忙しかった。勉強したくて大学に入ったのだから勉強で忙しいのはしかたがないけれど、とにかく、工学部は教養課程の時から朝から晩まで授業がびっしり詰まっている。専門課程に入っても授業のコマは埋まっていたし、実験があって、夜までかかる。卒業研究を終えて論文を提出して、他に必要な単位も取れて、やっとゆっくりとした日々を過ごせるようになったのが、四年生の二月下旬からだ。

大学入試が終わって入学までの日々以来、四年ぶりに手に入った自由な時間。会社勤めが始まったらもう二度とやってこない「ヒマな日々」だと思ったから、思いっきりヒマにしていたかった。海外に「卒業旅行」に行くやつもいたけど、自分はヒマこそ貴重だと思っていた。

そんなある日、囲碁部の同期から熱海に行こうと誘われた。

なんで熱海なんだと聞いたら、だって、囲碁の対局が行われるじゃないかという。それで納得した。たしかに、熱海は名人戦や本因坊戦など、囲碁のタイトル戦が行われる場所というイメージだった。タイトル戦の第一局が始まったという新聞記事には、いつだって日本旅館らしき場所で碁盤を挟んだ二人の棋士の写真が載る。

そうはいっても金森理恵《かなもりりえ》が行くと聞かなかったら行かなかったと思う。

理恵は囲碁部に四人しかいない女子部員の一人で、一番美人で一番強かった。現役男子部員の中でも理恵に一度でも勝ったことがあるのは三人しかいない。

美人で強いから、囲碁が弱い男は気後れして彼女にアプローチできない。勝ったことのある男子部員のうちの二人が交際を申し込んで玉砕したと言われていた。いかにも利発そうで整った顔立ちだが、囲碁将棋によくいる化粧っ気のないタイプではなく、身長も百六十センチ以上あってバッチリ化粧をしてキャンパスに来る。そのまま銀座のクラブでアルバイトができそうな、もしプロになったら日本棋院が囲碁のアイドルとして彼女を普及活動に駆り出すことが絶対確実だ。

　そんな理恵を前にして、おとなしい男子学生たちはふつうだったら話をするのも緊張してしまうところだけれど、囲碁部員同士だから碁を打つという理由があれば、至近距離で長い時間向かい合って居られる。彼女が長考に入って、身を乗り出して盤面を覗き込むと、そこはかとなくいい匂いがしてくるというのは、男子一同、一致した意見だった。そのせいでつい心が乱れ、それで有利だった形勢を逆転されてしまうのだと、嘘か本当かそんな負け惜しみをいう先輩もいた。そして、そう言った先輩もまもなく玉砕した。

　四年になると、彼女は囲碁部に現れなくなった。

「なんだかめんどくさくなったから」

　生協食堂で見つけて、カレーライスを食べながら囲碁部に来ない理由を訊ねてみたとき、彼女はそう答えた。何がめんどくさいのか、そのとき確かめはしなかったけれど、男女関係のことだろうと勝手に理解した。食堂とか、中庭とか、みんながノートを写したり本を読んだりするような場所で、彼女はパソコンでネット対局をしていた。あいかわらず囲碁に興味を持っているのは確かだった。碁を打ちたいだけなら、インターネットの時代、大学のクラブに入る必要はないのだ。

その彼女がなぜ対局の予定のない、温泉宿で宴会をするためのグループ旅行に参加するのか。彼女に会うことよりも、その彼女らしくない選択をしたのはなぜなのか、興味があった。

とはいえ、結局、二泊三日の熱海旅行に金森理恵は来なかった。

というわけで、熱海は卒業式を終え、就職先の入社式を控えた男六人が、来るはずだった理恵が来なかったという失意を共有した場所になった。よりによって男六人、カップルに交じって三十分行列に並んで「熱海プリン」を食べたあの虚しさといったら。


時計の針が深夜一時に近づくなか、数人の乗客と共に改札口を出た。

あいかわらず、行くあてはないけれど、先のことはこれから考える。もうすでに九品仏の家にもどらないと決めただけで楽しい方に舵を切っている。どう転んでもいい、という気分だった。

付け待ちしているタクシーの前を抜けて、すべての店がシャッターを下ろすがらんどうの仲見世通りに入ると逆に三年前の喧噪が思い出された。

「なんでそんなに年寄り臭いところに行くの？」

卒業旅行に熱海へ行くと言うと母親にそう言われた。なのに来てみた熱海は意外にも若者で一杯だった。干物屋はうらぶれているのに、プリンやアイスクリームやパステルカラーの外観を備えたフルーツサンドの店には行列ができていた。どこもかしこも行列の半分くらいは若いカップルたちだ。

「昔からの温泉地だから年寄り臭いってわけじゃない、本因坊だって二十代なんだし」

同意を得られそうにないと思いながらそんな反論をしたら、母は言った。

「かあさんのイメージする熱海って出張に行くとウソをついて、水商売の女性と不倫旅行に行く場所ってイメージだけど」

観光地になぜか地味なスーツを着た中年男性がいて、並んで歩いているのが高そうなバッグを持った若い女性。そんな歳の離れた男女のペアなんて全然いなかった。二十代のカップルか、少し年がいっているとしても、男女ともカジュアルな格好の「見るからに夫婦」という人たちだった。

人それぞれに町のイメージをもっている。同じ町が違って見えている。

熱海のことを温泉に浸かって海の幸を食べる場所だと思う人、不倫旅行の場所だと思う人、つきあった異性と初めて旅行に来た思い出の場所だという人。沖縄なら青い海が広がる珊瑚礁の島だと思う人もいる。太平洋戦争の痕跡が残る場所だと思う人がいる。フェンスを挟んで米軍基地が広がる島だと思う人もいれば、陽気で音楽に満ちた場所だと思う人だっているだろう。

自分にとっての熱海は、昨日までなら「金森理恵が来なかった町」……かな。そして、今日からは「残業の後、終電に間に合わなかったせいで思いがけず訪れることになった町」だ。

今日はがっかりしていない。自分で選んでここに来たのだ。

不思議だった。神奈川県にある職場から見て、東京都にある自宅とは逆方向の静岡県にいるのだ。終電に間に合っていればちょうど家についてドアに鍵を差し込むくらいの時刻に、神奈川を跨いで反対側にある温泉町に降り立った。

心は弾んでいた。

高校生になって、生まれて初めて学校の授業をさぼった日、公園を歩き、木陰のベンチで文庫本を読んだときの、あの幸福感に似ていた。いままで手にしたことのない、新しい種類の自由を獲得したという昂揚感。

熱海駅は坂の上にあり、海に向かう道はどの道も下り坂だ。

斜面の途中に密集するホテルや旅館は、軒を競うように眺望を求めて高く聳える。自然、道は高い建物に挟まれた溝のようなものになり、急な傾斜のU字溝を流れる夕立の雨水のように、自然に下へ下へと足を速めることになる。道を知らなくても、下へ向かえば海に出ると分かっているから、不安を抱くことはない。どこをどう歩いても烏丸《からすま》通か四条通にぶつかって迷うことのない京都のように。

坂道を辿るうちに銀座通りにぶつかった。

銀座という名前のもつ安心感は絶大だ。その地名のそばにいる限り、辺鄙で寂しくはならないと信じられる。だが、その銀座通りに明かりの点った店はなかった。一本折れて糸川の流れにぶつかったあたりにやっと「夜の店」の明かりが見えた。人が息づいていると感じることができた。

スナックという名を掲げる店にはちょっと入れない。ショットバーなら何とかなる。ただ「バー」と書かれていたらどうだ。

不安ではあるが、冒険を楽しむ気分でもあった。

いくつかの候補を見つける度に、スマホで検索し、店の雰囲気が語られている口コミやブログを探した。

〝Ｊａｚｚ Ｃｌｕｂ Ｚ〟

通りすがりのドア越しにドラムの音が聞こえた。近づいてみると、ピアノとボーカルも聞こえている。こんな時刻に生演奏をしている。客はいるのだろうか。

ジャズの店は入りやすい。ジャズの生演奏をしているぼったくりバーというのは聞いたことがない。ヤクザがいる心配もなさそうに思える。

ドアに「ライブスケジュール」が貼ってあった。ライブは夜七時半からと九時からの二ステージ。午前一時半になろうとしていた。演奏は終わっているはずだ。

ドアの前で迷っているうちに演奏は終わった。

入るならこのタイミングだ。

そう思いながらほんのわずか躊躇した瞬間、突然、ドアが開いた。

「あ……」

むしろ向こうがびっくりしていた。

同じ目の高さにぱっちりした目が並んでいた。至近距離にある長い睫毛。赤い唇。

煙草を吸いに出て来たらしく、指に細いメンソール煙草が挟まれていた。

「あの、まだ営業しているんですか」

「いいえ。平日、お店は十時まで、ライブは金土日だけ」

今日は木曜だ。

「ごめんなさい。練習してたの」

「そうですか」

またどこか別の場所を当たらなくてはならない。

「せっかくだから一杯飲んでいけば？」

胸に温かいものが点るのがわかった。

「マスター、お客さん、いいわよね」

ああいいよという声が聞こえた。

「そんなとこに立ってないで、こっちへ入って」

まるで自分が店主のように振る舞っている。

「すみません。遅い時間に、おじゃまして」

扉をくぐると、奥で背の高い男性がウッドベースをソフトケースにしまっていた。ピアニストらしき男性は、あたりに広がった楽譜を揃えている。カウンターの中にいるのが店主なのだろう。客席には誰もいなかった。聞こえていた歌は彼女のものだったということか。あまり明るくないのと化粧のせいで年齢はよくわからなかった。ステージに立つ人はだいたい年齢がわからない。

肩の力が抜けていった。胸の奥が少し温まっている。つまり自分は人と話をしたかったのだ。人気の途絶えた暗い町からドア一枚隔てて、人が熱を持っている場所があった。扉が開いてほんのりとした熱に包まれた。

「座れば？」

促されてソファに腰を下ろす。

「いつもこの三人でここで演奏なさっているんですか」

「お店が閉まってから、練習のために場所を貸してもらってるの」

「そうなんですね」

「こんな時間までハシゴしているんだ」

「いえ、一軒目です。仕事の帰りだから」

「ああ、夜のお仕事なのね」

「夜もお仕事」

「家はこのへん？」

「いえ、世田谷です」

「えっ？　東京なの？　それって遠すぎる。とっくに終電終わってるじゃない」

「終電でここまで来ました」

いぶかしがる目に変わったのがわかった。

「マキちゃん、これ差し上げて、店のおごり」

カウンターにビールのパイントグラスが置かれた。

「いや、お金は払わせてください」

「いや、たまたま樽の最後でさ。泡が多くなってしまってお金はもらえない。捨てるのももったいないし、喉を潤すには十分だと思うから、こんなんで悪いけど、遠慮しないで飲んで」

マキという名前の女性が持ってきてくれたグラスの中の泡は多くはない。

「まあ、なんでもいいから、乾杯しよ」

泡の消えた飲みかけの彼女のグラスと、丁寧に注がれたパイントグラスで、乾杯をした。

おいしい。ものすごくおいしい。

「あ、よかった。幸せそうな顔になった。過労死寸前みたいな顔だったもん」

「ああ、たしかに、ビール一杯で生き返りました」

「よかった」

そう言ってから、彼女は自然に歌を口ずさんだ。

〈アガ・ジュ・べべ〜　♫〉

ワンフレーズだけ。

自分も知っている。アントニオ・カルロス・ジョビンの「おいしい水」。

存分に練習をし終わった開放感なのだろうか。彼女にも、店にも、リラックスした空気が満ちていた。

ベーシストの楽器はすっかりケースの中に収まり，ピアニストは楽譜を入れて運ぶトートバッグを肩にかけてこっちを見ていた。帰る準備ができたようだ。

「行くとこあるの？」

「大丈夫です」

大丈夫というほど大丈夫ではなかった。思いがけず優しくしてもらって、心はかなり元気になっていた。

行くところはないといったら、どうなっていただろう。ちょうどいい答は思いつかなかった。きっと、ただ話がややこしくなって迷惑をかけるだけだったと思う。

丁寧に礼を言って店を出た。

＊　＊　＊

「恋人の聖地」で出会ったハルという女と腕を組んで歩いていた。

自分とこの女はいったいどこへ向かって歩いているのだろう。

行き先について何の合意もない。だが彼女は行き先を決めているように見える。酔ってはいないはずなのに、歩きながら時々こちらに身体を預けてくるのは多分わざとだ。行き先を知らされず、方舟に乗せられている。

海に突き出た突堤の先のモニュメントの下で、ホテル代をおごってくれと言われた。

ノーと答える前に腕を絡めてきた。その場でノーと言うことができなかった。腕を絡めた瞬間に彼女に促されて歩き始めていた。

夜の湿気のせいか、彼女の汗なのか、それとも自分の汗なのか、触れあう腕と腕がべたついていて、彼女がふらついてみせる度に肌と肌の接触を意識した。

たった一杯、ビールを飲んだだけなのに、自分の意志で何かを決めることができなくなっていた。

向かっているのはさっきのジャズクラブの方角だ。あの辺りにはスナックが並ぶ一角があった。ラブホテルの看板《サイン》もあったと思う。

この腕を振りほどいたらどうなるだろう。

そう考えた心を読まれたかのように、彼女は腕の内側を密着させてきた。肘の関節の内側の、いちばん汗を掻くところで腕と腕が触れあった。

行くところのない若い女の子を深夜に放り出すのか。

終電に乗れなかったというのは本当だろうか。

結論は出ない。出ないまま、流されている。流されるという意志、いや、それは意志なのか。

ちがう。何の意志も働いていない。

もやもやと考えを巡らせるうちに目の前の明るい看板《サイン》が目に入った。

救われた。決断ができた。

《ジョナサン》

「ねえ、腹、減ってない?」

ハルの顔をうかがった。

「ドリアが食べたい。すごくお腹空いてる」

同意が得られた。どうしてもラブホに行くんだと言われたらたぶんそのまま行ったと思う。でも、よかった。ベッドで眠れなくなったけど、よかった。

海側の席に案内された。カップルとして扱われている。

だが、あいかわらず、海はまっ黒で見えず、さっき彼女と出会ったムーンテラスが黒をバックに浮かび上がっていた。

もう聞いても大丈夫だ。

僕のカルボナーラと彼女のドリアがテーブルに並んだところで、やっとハルに歳を訊ねた。高校三年生だった。

驚いたことに彼女は終電に乗り遅れてなんかいなかった。

家は何処と聞くと、すぐ近くの地名を言った。來宮《きのみや》神社のそばだ。歩いて帰ることができる。

家に帰りたくなくて、ネットで「神待ち」をするのだという。神待ちというのは、夜、泊まるところを提供してくれる「神様」を見つけること。

〈熱海駅で終電がなくなった〉

そう書き込みをしてまもなく、トオルという男性が名乗り出たという。ハルはいつもの通り、ムーンテラスのあの場所を待ち合わせに指定して、少し離れた所で身を隠して待っていた。トオルはなかなか現れなかった。からかわれたと諦めかけたときに、僕があの場所に来た。それで、トオルだと思って声をかけてきた。そういうことだった。

たらしい。

「ムリと思ったらばっくれる」のだそうだから、僕は彼女にとってムリではなかったらしい。

「好きでもない会ったばかりの男とそういうことするの、いやじゃないの」

当たり前の質問をした。

「家に居るのがもっといやだから、少しぐらいのイヤはがまんする」

それが彼女の答だ。

「怖い目にあうことだってあるだろ?」

黙ってうなずいた。

「どうして家がそんなにイヤなの?」

その質問には口をつぐんで答えてくれなかった。

ムリな男がどんな男で、どんなであればムリでないのか、彼女の許容範囲は分からない。がまんできる「少しぐらいのイヤ」がどのくらいイヤなことなのか、それもわからない。なんにしても僕が体験したことのない種類のイヤさだろう。

心も体もきっと傷ついている。

ただ、そのどれよりも「家に居るのがイヤ」だという。

それは僕にも切なかった。中身がわからないのに、切なさだけはわかるのは、不思議だけど。

ハルも僕に質問してきた。

どこに住んでるの？　どんな仕事してるの？

相模原で働いていて、東京に住んでいるのに、なんで終電で熱海に来たの？　なんで、さっきあそこに居たの？

そう聞かれて、僕は延々と長い話をしたのだ。

半導体ってなあにと聞かれて、がんばって説明したけど、分かってもらえなかった。それでも、じっと僕の顔を見て聴いてくれた。この子は人の目を見て話す。

自分のことを話してないと、彼女のことを聞いてしまいそうだった。

「なんでそんなに働くの？」

ハルに聞かれて少し答に困った。

「面白いから」

思いついた短い言葉はそれしかない。

「仕事を面白いという人に初めて会った。わたしの知ってる人はみんな仕事が嫌い。いつもどうやったら働かないで済むか、そればっかり考えてる」

彼女は自分のことを聞いて欲しくない。

ただ、家に居たくないから、少しぐらいのイヤはがまんする。そこまでの気持ちなのに、聞いて彼女を助けられもしないのに、こっちが興味本位で聞いてはいけないと思った。

翻って僕は、彼女に話してみて、今日のすべてを誰かに話したかったのだと分かった。ずっと心に溜めていたことを誰にも話せなかったのだと気づいた。たくさんのことをハルに話しながら、次第に大きくゆっくり呼吸ができるようになったような気がした。ほんの少し前まで、せかせかと浅い呼吸を繰り返していたのだ。脈もゆっくりしっかり打つようになったような気がする。

「理恵って人のこと好きだったの」

「どうかな。きれいな子だよ。頭もいい。非の打ち所がない」

「玉砕すればよかったのに」

さっき玉砕という言葉を知らなくて「どういう意味」と聞いたハルは、きっと玉砕という言葉のもともとの意味をわかっていない。

「口説かれたらつきあってただろうけど」

「わがまま言ってる」

高校生のくせに、年上の女性のような口の利き方だ。

彼女が窓の外を見たから、自分も見た。真っ黒かった空に色がつき始めていた。今日も、暑くなりそうだ。

「もうじき始発が動くね」

知ってる。

熱海駅発四時三十五分。九品仏駅には六時三十三分に着く。南橋本駅なら六時二十三分。夜勤と日勤の交代時間に現場へ顔を出すことができる。

さっき、調べた。

でも、始発電車には乗らない。

「もうじき始発が動くね」

ハルが繰り返した。僕になにを期待しているのだろう。

「ハルは今日どうするの?」

「学校行こうかな」

「寝てないのに?」

「授業中に寝ればいいよ」

いいこと言うなあ。そう思ったけど口にしなかった。

「あのね」

ハルが、また、言葉を止めてじっとこっちを見てきた。

「悠真にいろいろ話してもらって、わかったことがあるんだ」

「わかったこと?」

「逃げていいんだってこと。

いままで、家とか、学校とか、わたしはいろいろなことから逃げてきたけど、いつもね、逃げちゃいけないって思って、自分を責めながら逃げてた。

逃げちゃいけないから、逃げたことの罰として、神待ちして好きでもない男が顔に息を吹きかけながら無精髭を身体にこすりつけてくるのを我慢しなくちゃいけないと思ってた」

彼女のロジックは少しも分からなかった。無感動に天井を見ながら男に体を預けている彼女の姿が頭に浮かびそうになって、それを、つまり、首筋や肩やその他見えない部分の想像上の輪郭を、必死で掻き消した。

「でも、悠真から、逃げていい、胸を張ってちゃんと逃げろって、教えてもらったような気がするんだ」

僕は反対向きの最終電車に乗っただけだ。むしろ、いまのハルの言葉が、逃げていいいんだと僕に教えてくれている。

「役に立ててよかった」

うまい言葉が見つからなくてつまらない返事をしてしまった。でも、少なくとも一晩、ハルの神様の役目ができたような気はする。

「悠真は今日これからどうするの」

「せっかく熱海に来ているから、どっかで温泉に入ってドカっと寝る」

露天風呂から見る青い空を思い浮かべた。もしかしたら初島《はつしま》も見える。

「会社行かなくていいの？」

「会社、辞めようと思う」

逃げていいんだ。ハルにそう言われて、いま急にそんな風に思った。開発の仕事は大好きだけど、いつももやもやしながら会社にいた。通ってた。

「うん、それがいいよ」

ハルはさらりと言った。さっき「ドリア食べたい」と言ったときと同じように自然に。

「あのさ、悠真が神様だったらセックスがそんなにイヤじゃないかも」

ハルはセックスという言葉を無理に軽く扱おうとしていた。そんなのは大したことじゃないのだと。

「俺にだって選ぶ権利ぐらいある」

逃げた。彼女の人生の重みを少しも肩代わりしてやることはできない。

「んもー、大っ嫌い！」

目を剝いた顔がものすごくかわいくて、抱きしめたかった。

それからハルは席を立ち、ドリンクバーでコーヒーを淹れてもどって来た。

僕の分も一緒に。

これを飲み終わったらお別れだね、という顔をして、ほんの少しのあいだ見つめ合った。

第四話　遮断機

距離三センチ。

寅次郎《とらじろう》の目の前に地面があった。左の頬が削れていると思った。アスファルトに貼りついている皮膚の広い範囲に痛みがある。鼻はどうやら無事のようだ。

踏切の音が聞こえる。

動揺していた。

何日か前にタブレットで見たマンガに、アメリカ軍の爆撃で顔が半分吹き飛んだまま、肩から振り子のようにだらりと力なく垂れる腕を反対の手で押さえている子供のシーンがあったのだ。

そのせいだ。転んで自分の体のどこかが重大なダメージを受けて壊れてしまったという不安が意識を支配している。倒れ込んだ状態からすぐに起き上がる勇気がない。

その姿勢のまま、部位ごとに順番に確認作業を始めた。

頬は、もと皮膚のあった位置に痛みがあった。削れたとしても皮膚の表面だけだろう。

腕は……ついている。

左の肩が痛い。指は動く。それ以外、腕を動かせないのは自分の胴体とアスファルトに挟まれているせいだとわかった。身体を半回転させて仰向けになると腕はなんなく動いた。

背中を地面にあずけ、裏返しになったカブトムシのように両手足を動かして確認した。

足が重くて上がらない。それが両足にローラースケートを履いているせいだと思い出し、先に膝を持ち上げてみるとその先までちゃんと動くのが確認できた。左の肩と膝に痛みがあるが、手足は取れてはいない。ふつうに動く。

口の中に何か唾とはちがう味のするぬるりとしたものがあった。いやな味がする。錆びたブリキのロボットの味。家にある青いロボットの露出した関節の所で手を切って、その時になめた指と同じ味。それが何倍も濃い味で口の中を埋めていた。歯は痛くない。少し痺れている。頬の内側と唇の裏表が痛い。多分、腫れている。

視界が地面だったのがいまは仰向けで目の前が開けて、雲一つない梅雨明けの空が見えていた。絶好のローラースケート日和のはずだった。

アスファルトの路面から背中に熱が伝わってくる。散歩の子犬はこんなに熱い地面の上を裸足で歩くのか。

近くの駅のアナウンスが聞こえて、ドアの閉まる音が続いた。まもなく背中から踏切を通過する電車の振動が伝わってきた。

「ボク、大丈夫？」

遠く青空へつづく視野を遮るように、突然、男の顔が上から寅次郎を覗き込んできた。

「だいじょぶですっ！」

驚いた寅次郎は、のろりとした点検作業から一転してウソのような素早さで路面から跳ね起きた……つもりだったのだが、足にローラースケートを履いていたものだから、最後、すっくと立ち上がるところで車輪が虚しく回って自分を支えてくれるはずだった足が直下から逃げた。

足をばたつかせたまま倒れそうなところ、その見知らぬ男性に抱き留められた。

「危ないな」

赤面した。

「そんなところに寝ていると自動車に轢《ひ》かれちゃうよ」

いままた転びそうになったことは不問にしてくれている。

人通りのある場所で道路に寝ている自分の姿を他人《ひと》に見られていた。転んだショックでそこまで意識が行かなかった。

「平気ですっ！」

転んでいたことも、たったいま転びそうになったことも、まるで無かったことのようにそう言い切った。相手が大人の人だからちゃんと「です」を付けて。

自動車に轢かれて平気なはずはない。車道に寝転んでいたのだから、たしかに轢かれてしまう可能性だってある。であるのに恥ずかしくてその場限りの言葉を吐く。こうして人は危機に瀕して自分にも他人にもウソをつく人間になっていく。

駅で背広を着た人が発車間際の電車に駆け込もうとして直前でドアが閉まったのを何度か見たことがある。誰も彼も、悔しがる素振りを敢えてせず、わざわざぷいと横を向くようなことをして「最初から今の電車に乗ろうとなんてしてないもんね」という態度を示す。転んだところをしっかり見られていたのに、いま自分は「転んでなんかいないよ。ずっとここに立っていたんだよ」という素振りをしていた。いや、しようとした。しようとしたができなかった。

不思議なことだけれど、強がると痛みが軽くなるような気がする。頬の擦り傷も、切れている口の中も、強く打ったらしい膝も、痛いけどむりやりにでも「なんでもない」と言い切ると、十分耐えられる痛みへと軽くなった。

促されて車道から歩道に上がった。

足に履いたスケートの重量以上に足取りは重かった。ほんの少し前まで自信たっぷりに滑っていたのに、派手に転んでしまったことで急に自信がなくなっている。

机の上にエンピツを立てるのは転がすよりもずっと難しい。立っている状態でいること自体がとても精密なバランスによって成り立っている。ローラースケートを履いてみるとそれがわかってくる。本当はエンピツのように転がりやすいものなのに、脳と筋肉の絶妙な制御によって人間は二本足で歩いている。昔、ロボットを人間のように歩かせるのはとても難しい課題だったと本で読んだ。

前にもここで転んだことがあった。少しぐらいケガをするのは何でもない。壊れた機械は自然に治ったりしないけど、人間のケガはそのうち治る。でも、ローラースケートで転んで倒れている姿は、その無防備さにおいて、酔っ払って地面に寝ているのと同じくらい恥ずかしい。ケガは治っても、傷ついた名誉は回復しないような気がするのだ。

寅次郎が転んだショックでぼんやりしているうちに、男の人はすでに背中を見せて駅の方へ向かって歩いていた。遠ざかるその人の足取りがとてもしっかりして見えた。親切にしてもらったのに反射的に突っ張ったばっかりに、きちんとお礼を言うことができなかった。母さんがそばにいたら絶対「お礼を言いなさい」と促されていたと思う。

きっと親に言われずにそういうことができるのが大人なのだ。自分が大人でないと自覚するのは悔しい。

大人になりたかった。

小学二年生の子供というポジションはけっこう便利で、子供の振りをしていると物事がわりと有利に進む。親と先生以外の大人は自分に何も特別なことを要求してこない。こちらから甘えるとお菓子くらいならもらえることもある。もらってあげると大人は喜ぶ。ローラースケートはなかなか買ってもらえなかったけれど。

閉じた踏切の遮断機に沿って、道路を渡るその知らないおじさんの後ろ姿を見送り、寅次郎は駅を背にローラースケートを蹴り出した。

足取りは重い。

ここから家までは上り坂が続く。そして坂よりも母親がいやだった。またきっと同じことを言われる。

「またケガしたの？　だからもうスケートなんかやめなさい。そのうち死んじゃうわよ」

＊　＊　＊

幼稚園、年長組の頃だった。

生意気リリカとか、昆虫オタクのカイトとか、誰が発端だったか、いつも遊んでいる仲間たちの間でローラースケートブームが勃発した。

時々転んで痛そうにする姿も見たけれど、トコトコと足を刻まずに、地上数センチ、するっと路面を滑って進んで行く様はとても人間離れしていた。スケートを履いている誰もが別世界に行って魔法の力を手に入れて帰ってきた、人間から進化を遂げた未来人のように見えた。何より必死で左右の足を前に進めて歩くよりもずっと楽そうだった。

「だって、みんなもってるよ」

母にローラースケートを買ってくれとねだった。

「みんなじゃないでしょう？」

「みんなだよ」

「あなた、友だちは何人いるの。そのうち、何人がローラースケート持ってるの？」

母は手強かった。幼稚園児に向かって、友人界隈のローラースケートのシェアをデータで示せというのだ。

ローラースケートを持っている友だちは少なくとも四人いた。自分にとっていつも一緒に遊んでいる友だちのうち四人がローラースケートを持っていればそれはもうみんなだ。ただ「みんな」という言葉の意味は知っている。四人はみんなじゃない。それでも買って欲しければデータを出さなくてはいけない。

友だちの名前を紙に書き出そうとした。

七人まではすぐに思い浮かんだ。鬼ごっこをしたり、砂場をかき混ぜたり、ブランコでどれだけ高くまで漕げるかを競ったり、ドッジボールをしたりして遊んでいるいつもの仲間だ。

「あなたの友だちは何人いるの」

そんな問いも含まれている。顔が浮かぶ人間のうち、いったいだれが友だちで、だれは友だちでないのか。その境目を決めなければならなかった。友だちの妹は友だちなのか。鬼ごっこをするのは友だちだ。縄跳びに誘ってくれたのは友だちだ。

いつも通る道で自転車で転んでいたあの子とは、あの時、友だちになったのだろうか。

友だちが少ないのは恥ずかしいような気がしてくるのはどうしてだろう。友だちを多めにしたい気持ちもあった。でも、友だちを多くするとローラースケートを確実にもっていると言える人数が減る。それは自分を不利にする。

顔を思い浮かべながら、この子は友だち、この子は友だちではない、と分けていくうちに胸が苦しくなった。誰であれ「友だちでない」と決めるのはなんだか辛かったし、同じように、こっちが友だちだと思っていても向こうは自分のことを友だちだと思っていないかもしれない。あいつが今の自分と同じ作業をしたら、自分は友だちから外されるかもしれない。そんな思いが芽生えた。たとえそれほど親しくない友だちであっても、いうなら自分が選ぶ側なら外すかもしれない相手であっても、向こうのリストから自分が外されたくない。その自分勝手で理不尽な心のありように気づいてしまったことも、また、軽く胸を締めつけてくるのだった。

軽い気持ちで言ったのであろう母の言葉が思いのほか重い宿題としてのしかかっている。

「そのうち何人がローラースケートを持っているの?」

あなたが言っているほどみんながみんなローラースケートを持っているわけではないでしょう。

母はそれに気づかせてローラースケートを自分から諦めさせようと、遠回しの拒絶として言ったのかもしれない。確かにその空気を感じとっていた。ただ、それだからこそ、母の理屈に沿って母が思っているよりも多くの子供がローラースケートで遊んでいることを示せば、願いが叶って買ってもらえるかもしれないとも思う。小学校に上がる前の自分でも、欲しいものを買ってもらいたいと思えば、そのくらいの計算は立てられる。

苦しみながらリストを作り、リストにある友だちにローラースケートを持っているかどうか聞いて回った。結果は、十四人のうち六人がもっていると分かった。

「ほら、あなたのお友だちの半分以上の子が持っていないじゃない」

残念ながら、第一次ローラースケート獲得作戦はあえなく失敗に終わった。

公園でローラースケートをやっていた知らない三人と友だちになっておけば良かった。友だちがローラースケートをやっていなくても、ローラースケートをやっている子と友だちになればいい。誰が友だちであるのか、その基準は自分にあるのだから、彼らに声をかけて、通っている幼稚園とか学校とか、住んでいるところとか、聞き出したりすればそれで友だちを増やすことだってできたはずだ。

それは「水増し」という名前の付く行為であると知ったのはずいぶん後だったと思う。ただ、その時、まるっきり嘘の調査結果を母に見せてもバレなかっただろうと思っていたにもかかわらず、そういうことをしたら人間として終わりだと子供なりに考えた。

母のシナリオに乗ってデータで負けてしまったからといって、ローラースケートの件では簡単に引き下がることはできなかった。あの魔法の靴を履きさえすれば、一歩蹴り出しただけで、一メートル、時には二メートルも、前に進む超能力が身につくのだ。カイトのやつに借りて初めて片足だけ履いて滑り出したときの、地面から伝わってくる足の裏のごろごろとこそばゆい感じと、地上数センチの浮遊感が忘れられなかった。

「どうしても欲しい」

効果的な交渉術など思いつくはずもなく、強引に頼み込むしかなかった。成り行きによっては泣き落としも頭の中にはあった。五歳は大人が考えているより知恵が働く。

「ダメと言ったらダメ」

なぜそんなに頑なのかと思った。教育上よくないと考えているのか。それとも、もしかしたら家の経済の問題なのか。

自分の家がお金持ちではないとは思っていた。父は毎日朝早くから働きに出ていた。帰りも遅かった。でも家だってぼろくはない。友だちの家と比べてローラースケートを買えないほど貧乏だとは思えなかった。ただ、当時の年齢で家計について意識も知識もなかったから、自分と家族の日々の暮らしのどういうところにどれだけのお金がかかるのか、もちろんわかってはいない。知っている物の値段はお菓子と高嶺の花のゲーム機くらい。

もはや実力行使にでるしかなかった。

廊下の突き当たりにあるトイレの前に座り込んだ。座り込みをはじめて十分も経たずに退屈して、いったん席を外して自分の部屋から絵本を三冊持ち出した。読み終わる頃、板張りの廊下に座り込むお尻が痛くなって、今度は居間から座布団を持ち込んだ。

台所で水を使う音が聞こえていたのが消え、洗濯機が回る音が聞こえ、やがて、居間からテレビの音が聞こえてきた。いつまで経っても母がトイレに来る気配はない。

絵本は読もうとするとあっという間だが、ここでは時間を潰さなければならない。描かれた絵の隅々まで眺めていると、それはそれで新しいことに気づく。

描かれた猫の尻尾はどちらを向いていても同じように曲がっている。そう気づいて、上から見たらどうなっているのか想像してみた。ページをめくって上から眺めた絵はないか探してみたけれど、絵本のカメラワークは単調で、上から俯瞰する絵はなかった。

キャベツの葉の裏に貼りついているアオムシの身体の「節」を数えてみると、ページによって違っていて、物語の時間経過によって節が増えたのだと思っていると、後のページではまた少なくなっていて、自分の仮説は否定され、頭の中にハテナが点って、もはや物語の進行はどうでもよくなってしまう。どの本もすでに何度も読んでいる。

テレビの音が消え、足音とともについに母がやって来た。

「本は買ってくれたのに、どうしてローラースケートはだめなの」

「危ないから」

母に見下されていた。

「だって、みんなふつうに遊んでるよ」

「ほら、またみんなって言ってる」

「ローラースケートをもってるみんなのことだよ」

「ふだんは大丈夫でも、道路に飛び出したら車に轢かれるよ」

「飛び出さないもん」

「思った通りに滑れないかもしれないでしょ」

「練習すれば大丈夫だよ」

「もう少し大人になったら買ってあげる」

「リリカちゃんだって、カイトだってもってる」

「あの子たちは小学生じゃない。それによそにはよその、うちにはうちの考え方があるの」

「そんなの不公平だよ」

「公平じゃなくてかまいません」

「肩たたき券、二十枚、あげるから」

「そういう問題じゃありません。いいから、寅次郎、そこどいて」

「ローラースケート買ってくれたらどいてあげる」

「あげる、じゃないでしょ。反則よ」

蹴られたら大袈裟に泣いてやろうと思ってた矢先、脇に手を入れられ、いとも簡単に抱きかかえられた。足をばたつかせるまもなく横に降ろされた。その時は知らなかったが母は学生時代、レスリング部に所属していたのだ。かなうはずがない。

軽く自分を振り払ってトイレに入る母のどこかをなんとか摑んで引き戻そうとしたが、伸ばした手はかすりもせず、遠慮なく閉められた扉に挟まれないよう、慌てて手を引っ込めるのが関の山だった。

閉まるドアが作り出した風がすっと頰を撫で、かすかに含まれた芳香剤の匂いがした。

「ねえ、ねえ、絶対欲しいから、買って！」

母が出て来るまでドアの外で待ちかまえた。データも戦略もない。ただねだるしかなくなっていた。この勝負はもう分が悪いと思い始めていた。いや、最初から無理なのだ。母は頑固で、いったん決めると、泣き落としも、理屈も通じない。ご機嫌取りも通じない。ほんとに手強い。

「くどい。だめなものはだめ」

「だって、欲しいんだもん」

「いいかげん言うこと聞かないとまた捨てちゃうから」

「また捨てちゃうって何？」

「あんたは新町の踏切の近くに捨てられていたのを、買い物の帰りに私が拾ってずっと育ててあげたんだからね」

「うそだもん」

「うそじゃないよ。今みたいに高架の工事が始まっていないとき」

「コウカってなに？」

「電車を地面より高い所に走らせるための線路。そのうち踏切がなくなるんですって」

「ふうん」

「でも、何年かかるかわからないわね。お母さんが生きているうちにできるかどうか」

なんのことだかわからなかったけど、電車のことならどうでもいいような気がした。電車に乗ることはほとんどないし、それほど興味もなかった。ただ、お母さんがいつか「生きて」いなくなるという言葉は心に引っかかった。

「あの踏切のところの本屋さんの角にお地蔵さんがあるの知ってるでしょ」

「うん……？」

「あのお地蔵さんのところには、赤ちゃんが捨てられていることがあるの。知ってる？　この間もロボットが捨てられていたでしょ」

一緒に駅まで買い物に行ったとき、青いロボットが捨てられていたのは見た。アニメには銀や白のロボットが出て来るのに、自分の周りで見かけるロボットはいつも必ず青く塗られている。二本の足で立ち、両手を広げた形は人間だけれど、手足も顔も青く塗られているから、それはどう見てもロボットで、人間を模した人形とはまったく違っていた。人形は洋服を着ているのに、ロボットは同じように両手両足がありながら人間のように洋服を着たりしない。散歩をしている犬だって洋服を着ていることがあるというのに。

ロボットは人間とはっきりと区別をつけなければいけない理由があるように見えた。けれど、それが何故なのかは分からない。

あの日、ロボットの黒い目が拾ってくれと寅次郎に懇願しているように見えて、手を差し伸べたところで、あわててやめなさいと母に止められた。

「その本屋さんちの女の子がね、踏切に入ってしまって亡くなったの」

「ナクナッタ？」

「あ、死んだってこと」

死んだ……無く、成った……。

「なんで？」

「店の前の道であなたが欲しがっているローラースケートで遊んでいたんだよ。すごく上手だったんだって。いつもだったら踏切の前でちゃんと止まって、電車が通り過ぎて遮断機が……あ、遮断機というのは、線路に入れないように降りてくる棒のことだけど、あの棒が開いても渡り始める前に右左を見るし、閉まっていたら絶対に踏切に入ったりしない。踏切の前に家があって、生まれたときから踏切と電車の音を聞いて大きくなってきたのよ。それなのに、その時に限ってローラースケートで止まりきれなくて……。踏切はちゃんと閉まっていたんだけどまだ背が低くて下を……」

「くぐっちゃった……の？」

母がうなずいた。

片足ずつにきちんと体重を乗せるようにかっこよく滑っていた子たちが、何かの拍子にバランスを崩して、足をばたつかせ、反っくり返ったり、つんのめったりして転ぶ姿はよく見ていた。アスファルトの道路に浮いたわずかな小石に車輪を取られ、つっかかって前のめりになり、転ばないように必死で足を動かすほどに、加速がついてしまうこともあった。

するすると地表数センチを浮遊するかのようなローラースケートの魔法は、そんなふうに突然解けることがあるのだ。

魔法が解けた人間は電池の切れたロボットのようにバランスを失って倒れてしまう。

なめらかに滑っていた人を地面に引き倒す。制御不能のまま思わぬところへ人を引っ張り出す。憧れ、羨ましい気持ちを持つのと同じだけ、その非情さを見ていた。ただし、それまでに見たことのあるすべてのケースは、最悪でも転んだ子が膝小僧に擦り傷を作る程度のことだった。

電車が近づく踏切にはいつだって不思議な緊張感がある。

カンカンと警告音が鳴り始め、中にいる人々が足を速める。バーが降りてくる前に急いで渡ろうとする者、閉じ込められまいと走り出し、ぎりぎりでバーをくぐる者、早々に諦めて立ち止まる者……。

そしてやがてその前に遮断機が降りる。

行く手を遮る閉じたバーの前に人が溜まっていく。何かの儀式の段取りのように、簡単にくぐることのできる棒が絶対的な防御壁であるかのように、誰ひとり棒を越えていく者はいない。

誰もが動かない時間が少しあって、やがて列車の音が近づいてくる。レールが震える。まもなく、轟音と共に目の前を車両が通り過ぎて行く。

あれほど巨大で、重く、しかも速く動く物を至近距離で見送ることは、踏切でみる電車以外にはない。それほど特殊な体験でありながら、毎日、決まった時刻に踏切に行けば繰り返されている日常だ。

意識は遮断機を越えないけれど、無意識は簡単に遮断機をくぐる。

寅次郎の空想がまた死んだ女の子にもどって来た。

ところが、閉まる踏切のことも、通過する電車のことも詳細に目に浮かべられるのに、女の子の死ぬようすを思い浮かべることはしなかった。

「女の子が死んでしまって悲しんだお母さんが、踏切が見える場所にお地蔵さんを置いたの」

なんでお地蔵さんなのか、寅次郎はわからなかった。

けど、何か思いのこもったものをその場所に作ろうという気持ちはわかる。飼っていたカブトムシが死んだとき、川原に行って一番気に入った石を三つ拾ってきて、庭の隅にお墓を作った。あのお墓はどうしたんだっけ。あの場所を掘ったらいまでもカブトムシの死骸が出て来るのだろうか。

「しばらくして、そのお地蔵さんの前に、いろいろなものが置かれるようになったのよ」

　母はそういいながら居間へ向かった。ずいぶん長い間、トイレの前で話をしていたと気づいた。

　彼女に抗う寅次郎の気持ちはとっくに挫けていた。

「あんパンが置いてあったり、お人形さんが置いてあったり」

「なんで？」

「どうしてでしょうね。死んだ女の子のことを知っている人がその子の好きだったものをお供えしたのかもしれないな」

「オソナエ？」

「神様とか仏様とか死んでしまった人に何か物をあげること」

「お地蔵様は神様なの？」

「うーん、地蔵菩薩、だから仏様……かな」

「仏様にあんパンやお人形さんをお供えすると、死んだ女の子に届くの？」

　母は少しの間、何か考えていた。屁理屈というレッテルを貼られて無視されることはなさそうだ。

　答を待ちながら、寅次郎はダイニングテーブルに載せられた木製のボウルに盛られた歌舞伎揚に手を伸ばした。個包装の袋を破って頬張ったとき、口の中で割れる音が思いのほか大きくて、少し首をすくめた。死んだ人の話をしているときにお菓子なんか食べてはいけないと言われたような気がしたのだ。

「本屋さんのお母さんはね。死んでしまった女の子につながる思い出の入り口を作ったのよ。それがお地蔵様なの」

「お地蔵様が入り口なら、そこから入って女の子に会いに行けばいいのに、どうして、入り口にプレゼントを置くの？」

「その入り口からは、命のある人は入ることができないのよ」

「入り口に置いておいたら、死んだ人が中から出て来てプレゼントを取りに来るの？」

　少し困ったような顔をした母。

「わからない。だれもそれを見た人はいないみたい」

　人が見ていない間にお地蔵様の前に死んだ人が現れて、そこに置かれたプレゼントを拾い上げ、また戻っていく。寅次郎の中に、その瞬間を見たいと思う気持ちが生まれていた。

生きている人は入ることができないというその「入り口」を、お人形やロボットのおもちゃだったら通り抜けていけるのだろうか。

もしかしたら命のないものなら、その入り口をすり抜けることができるのかもしれない。

入り口の向こう側にいる人たちは、そこに置かれた人形が自分に向けてのプレゼントだとどうやって知るのだろう。

入り口の向こうには踏切で死んだその女の子しかいないのだろうか。それとも命をなくしたたくさんの人がいて、みんなでその入り口を利用しているのだろうか。

思い出の入り口。その場所を母はそう呼んだ。

どこからか地蔵尊の前にその人が現れ、足元のプレゼントを見つけ、この場所まで来てそれを置いて去っていた人のことを思い、しばらくじっと佇む姿を思い浮かべた。

身をかがめ、そっと両手を差し伸べ、拾い上げ、胸に抱《いだ》いて、涙を流すその人は、年月と共に成長することはなく、死んだ年齢のまま、こちらの世界の時の流れから取り残され、思い出の世界の中に留まっているのだろうか。

ローラースケートのおねだりをしていたはずなのに、いつのまにか、踏切の前にある本屋の脇の地蔵尊の話、思い出の入り口の話に。

うっかり時間が経っている。

居間に座った母は新聞を読み始めていた。その横顔は少し疲れているように見えた。

ローラースケートを買ってもらう話に戻したかったのに、そのきっかけはもう完全に失われている。

いま、寅次郎は、「また捨てちゃうから」という母の言葉を思い出していた。

母がその地蔵尊の前で自分を拾ったというのが本当なら、自分は、誰かがそこに置いた、女の子へのプレゼントだったということになりはしないか。

そのプレゼントを母は横取りしてきてしまったことにならないか。

それとも……。

お供えとして置かれた赤ん坊を拾い上げた母の姿を思い浮かべていた。

毛布に包まれた子供を抱きかかえている姿も。

おもちゃ箱のなかでいちばん気に入っているのは、胴体の青いロボットだった。角張った身体、角張った手足、角張った顔。いかにも不器用な感じがして、赤い帽子がかわいい。

＊　＊　＊

子供である自分が、何か失敗したりうまくできないときにかわいいと大人に言われることがある。子供だって自尊心があるから傷つく。そんな大人の視線は、犬や猫のペットに対しても同じ。そして、自分は何事も滑らかに上手くこなすことができなそうなロボットを愛らしいと感じている。

でも、猫は地面からいきなりブロックの塀の上まで上がることができるし、細い塀の上を通路のようにするすると平気で歩く。そこからひょうと飛び降りるのも平気。人間よりもけっこう優れている。

寅次郎は青いロボットのことをロボちゃんと呼んでいた。

自分で名付けたのではなく、たぶん、母親が「ほぉら、ロボちゃんよぉ」なんていいながら寅次郎の前にそのおもちゃを差し出したところに端を発している。

ロボちゃんは電池で動く。

スイッチを入れると、足を不器用に前後させる。足の裏に小さな車輪がついていて、その車輪は足が前に進むときに回り、後ろに動くときには回らない。そのおかげで、足を前後に動かすだけで、少しずつ前に進んで行く仕掛けになっている。

ロボちゃんは電池が切れると死んでしまう。

ある日、電池が切れて立ちすくんでしまったロボちゃんを、「がんばれ」と後ろから押してみると、すすっと何センチか前に進んだ。なんだ、足を動かさなくても、車輪が回れば前に進むのだ。自分の足の裏にも車輪があったら、もっと楽に歩けるのにと思っていたところに、遊び仲間の間にローラースケートブームがやって来た。

自分はなかなか買ってもらえず、少しの間、貸してもらって、ロボちゃんのマネをして、足を地面に着けたまま、車輪《ホイール》を滑らせてロボット歩きをしたら、みんながとても面白がってくれた。

自分が人間じゃなくてロボットだったらよかったと思ったりした。

だって、わざわざ足を持ち上げて歩くよりも足の裏の車輪で動く方がよくないか？

たまにロボットのマネをしたけど、その頃はローラースケートを買ってもらえないまま「ふつうの六歳の男の子」になっていた。

ただ、もし自分がロボットだったらといろいろ想像しているうちに、いつのまにか困ったことになっていた。

どうも自分はロボットであるような気がしてならない。

たしかに、自分はどこもかしこも人間のようだった。

でも、ロボットは人間をまねて人間に近づくように、人間の代わりができるように進化してきた。研究所の研究員、博士《はかせ》とか先生とか、フェローとか、そんな人たちが少しでも人間に近づくように進歩させてきたはずなのだ。（フェローというのがなんなのか、全然わかっていなかったけれど）

人間の望むように進化を遂げたロボットなら、どこもかしこも人間そっくりになっていても不思議はない。だって、人がそう望んで望むように研究しているのだ。

腕をさすってみれば、少し擦り傷があるけど肌も柔らかい。

「今日はたしかに少し高いかしらね」

なんだか熱いというと母は体温計をよこしてすぐに測らされた。言われるままに、細いセンサーの先を脇の下に入れてピッと音のするのを待つ。取りだした窓に数字が出ている。それが自分の温度なのだという。その温度をつくっているのはなんなのだ。何かが身体の中で燃えているのだろうか。燃えているのなら、なぜ身体が焦げて穴が開いてしまわないのか。

いくら考えても分からなかった。

体温を測り終わっても、言われたとおりにすぐにはケースにしまわず、しばらく眺めていた。体温計の数字はほんの一瞬、「88・8」になって消える。それはまるで、線香花火の最後のように、自分の体が八十八・八度になって燃え尽きたように見えた。

多くの場合、自分の体温は三十六・二度で、時によっていくらか上下する。

髪の毛も伸びる。

月に一度、決まった曜日に、たしか火曜日だ、母に理容院に連れて行かれ、髪を刈られる間、店に置いて行かれた。

「お父さんは帰りが遅いの？」

床屋の主人に家庭のことをいろいろ聞かれるのがいやだった。

「おかあさんの得意な料理はなに？」

主人にしてみれば小さな子供が黙ったまま三十分も座っているのは退屈だろうと、気を遣ってくれたのだろう。けれど、自分は家のことに踏み込まれているみたいに感じていた。

それはたぶん少し離れて住んでいたじいちゃんのせいでもあった。じいちゃんはきっちり二週間に一度散髪に行く店のお馴染みさんで、主人に孫である自分のことをペラペラ喋っていたらしかったのだ。

「寅次郎君は絵が上手なんだってね」

描いた絵をじいちゃんが勝手にコンクールに送って、それで金賞を取ったとか孫の自慢をするせいで、まだ小学校にも上がっていない寅次郎が「それほどでもありません」みたいな口をきく羽目になる。

「さすが、寅次郎君は紳士だねえ」

六歳の紳士なんて、ただのませたガキでしかない。

目は濡れている。濡らしている水はしょっぱい。なのに目に塩水が入ると滲みる。砂が入るとボロボロと涙が溢れてくる。暗くなるとよく見えない。朝は眩しい。

悲しいと感じることがある。

その感じが強いとき、砂が入らなくても涙が出た。正確に言うと、むしろ悲しいという言葉の意味を知ったのは、「悲しいときには涙が出る」ことを先に本で読んだことがあって、その後、涙が出たときに初めて「ああ、この気持ちのことを悲しいと言うんだ」と理解した。

「トマト食べる?」

そう声をかけられながら、丸くて赤いものを差し出されることで、人はその赤い物がトマトというものだと学習する。でも、うれしいとか悲しいとか、心の状態についての言葉は人に教えてもらってもよくわからない。その時、その言葉を使う人の心の中を見ることも、一緒に感じることもできない。自分が同じようになったときに、他の人がどんな言葉で語っていたかを思い出しながら、言葉を覚えていく。負けたことがなければ、悔しいという気持ちは分からない。恋をしたことがなければ、恋しいという気持ちは分からない。分からない気持ちを表す言葉だけ先に知ることは空虚だ。

唇は冬に乾くとひび割れる。

マスクを外すときにささくれ立った唇が少し引っかかる。マスクを取ると口から吐き出す息が白くなる。この白いものが息というもので、鼻の穴や口を通り過ぎて体の奥の方に入っていき、再びそれが吐き出される。白く見える冬の日には何か形の無いものが身体から出ていっていることはわかった。

そうしたことは、自分が人間であると考えるのに十分のように思える。たとえ一時期、自分はロボットかもしれないという妄想を抱いたとしても、時間と共に考えは修正され、消えていくものだ。

ところが、寅次郎はむしろ確信を強めていた。

人間の子供であるはずの自分の考え方が、周りの子供たちとは決定的に違っていたからだ。

幼稚園で一緒の仲間たちの描く絵が、自分が自然に描こうと思う絵と違う。彼らの絵日記の文章が違う。大人たちがそれを子供らしいと喜んでいるのがわかる。

自分の頭の中は少しも子供らしくなかった。

ただ、どういうものが子供らしいのか、それは分かっていた。

寅次郎は自分が自然に思うものではなく、大人が子供らしいと喜ぶ絵を描き、子供らしい文を書いた。

目に見えたとおりには描かない。人間の顔を描くときは、胴体に比べて頭を大きく描く。その顔はいつも正面を向いている。現実に目の前にいる人たちはそれほど顔が大きくはないし、横を向いていたり、下を向いていたり、いろいろな方向を向いているのに、正面を向いて必ず両耳が見えるように描いた。その耳も妙に大きく。

周りの友だちがそういう絵を描いていたから、おなじ部屋で一緒に絵を描くときにはそういう風に描くべきだと学んでいた。

日記の文章の語尾はですます調にして、時間の流れの順に文章を重ねた。内容も子供らしくなるように気を配った。


おとうさんとどうぶつえんにいきました。

しまうまをみました。

それからしろくまをみました。

しろくまのあかちゃんがとてもかわいいとおもいました。


大人たちは、子供に動物のことをかわいいといわせようとする。子供が動物をかわいいというのが大好きだ。かわいいと書くとしたら、シマウマではなくシロクマの赤ちゃんだということもわかっていた。

人間の六歳は赤ん坊から少しずつ成長した六歳という発達ステージにあるのに、寅次郎は大人のように世界を見て、その中で六歳の子供を演じていた。

それに気づいたときから、自分がロボットであることをあまり疑うことができなくなっていた。もし、赤ん坊から六歳まで、内部に組み込まれた時計の値に応じて成長するようにプログラムされているロボットだとすれば、すべて辻褄があう。

「あれ。またこれだ」

鉄棒が昨日より細かった。

小学校に上がってからの寅次郎は、家の近くの、住宅街の真ん中に突然現れる小さな公園で一人で遊ぶことが多くなっていた。ブランコを漕いだり、滑り台を降りてみたり、逆上がりをしてみたり、ただ一人ベンチに座ってぼんやりすることもあった。

ときどき、犬を散歩に連れて来ている人が声を掛けてくれた。いつも一人で可哀想だと思われていたのかもしれない。

友だちを避けていたわけでも避けられていたわけでもないけれど、一人でいるのをつまらないとは思わなかった。自分から誰かを誘うことをあまりしなくなっていた。

ある日の夕暮れ時、鉄棒を握ったとき、急に前より細く感じた。

不思議に思って両手を鉄棒に載せてみると、鉄棒の高さも変わっている。ほんの少しだ。シャツのボタンの上にあった鉄棒が、ちょうどボタンにかかるようになっていたり。

　思い起こせば初めてのことではない。

　身長が伸びるのは当たり前のことだが、どうもそれが不連続に起きて、ある日突然、鉄棒は低く細くなるのだ。身長を測ると、一センチか一センチ半、高くなっている。学校の友だちはだれも気づかない。親も背が高くなったとは言わない。

　一度に五センチも伸びれば気がつくけれど、一センチの違いには誰も気づかない。自分でも歩いているだけなら気づかないのだけれど、鉄棒を握った感触が違うことには気づく。そうして身体を鉄棒に近づけてみると、身体と鉄棒の位置関係が変わっていることがわかり、翌日、学校の廊下の隅にある身長計で測ってみると、必ず背が伸びている。定規を当てて指の長さを測ってみるとやはり手が大きくなっている。

　日にちを空けて何度も測ってみても、いつも同じで、少しも伸びていない日がほとんどなのに、一ヶ月だったり三ヶ月だったり、その期間はいろいろだけど、ある日突然、身長が一センチ伸びて手が大きくなっている。

　特に、夏休みが終わった時とか、春になった時とか、時々、時間が急に進むことがあって、気がつくとそうなっている。

「ねえ、かあさん。急に背が伸びてる」

「伸び盛りだもの。どんどん伸びるわよ。半年もしたらいままで着ていたものだって着れなくなるから、お金がかかるのよ」

年月と成長の度合いは合っている。一学期二学期と月日が流れ、みんな成長していくけれど、クラス仲間と比べて特に自分の身長が高いわけでも低いわけでもない。けれど気のせいか時間の流れが不連続で、どこか途中を生きていなかったまま、今この状態へぽんと跳んできてしまったような、そんな気がする。寝ている間にどこかへ運び去られて、そこで少しだけサイズアップした新しい身体に取り替えられ、いままでの記憶を書き込まれ、内蔵された時計を進められて、元に戻されているような気がする。

箇条書きのような、どれも似たような重さの淡々とした記憶ばかりで、すごく怖かったとか楽しかったとか、そういう感情の濃淡や強烈に印象に残っているシーンが目に浮かばない。記憶が記録のようにうっすらと淡泊だった。

記憶が不連続のような気がして確認してみる。ちゃんと絵日記にその間のことが書いてあるし、確かに書いてあるようなことをした記憶があった。

遠足で江の島に行った記憶もある。避難訓練でサイレンが鳴ってみんなで机の下に潜った記憶もある。放送にしたがってぞろぞろとみんなで階段を降り、校庭へ逃げて消防署のおねえさんの話を聞いた記憶もある。長い間、学校を休んでいたわけでもないようだった。

それでも、どこか実感に乏しかった。

自分は毎日を生きていないのではないか。成長しているように見えて、本当は記憶だけコピーされた別の肉体に換わっているのではないか。そんな気がしてならなかった。

本を読んだり、タブレットで検索してみたり、自分と同じ不思議な感覚を持っている子供がいるのではないかと調べてみるのだけど、そんなことを書いている者は見当たらない。

「急に背が伸びたりしない？」

一度だけ、勇気を出して一学年上のカイトに聞いてみた。

「成長期っていうのがあるんだって」

それは知っていたことで、自分が知りたいのはそういうことではないのだ。ちょうど公園を通りかかったカイトのお母さんが彼を連れて行ってしまって、話はそれっきりになった。それ以来、自分だけがみんなと違うように思えば思うほど、だんだん人には聞けなくなっていく。いつのまにか、それは胸に秘めておかなくてはいけない自分だけの秘密になっていた。

＊　＊　＊

ついに憧れつづけたローラースケートを買ってもらった。

小学校二年、八歳の誕生日プレゼントだった。

借りたことはあったから、履いた初日からそれなりに滑ることができた。同じことをしているのに、自分の靴で滑るのはとてもうれしい。

人の見ているところで転ぶのは恥ずかしい。自分のスケート靴があれば、誰も居ないところで密かに練習できる。

自分のスケートで無事にカイトの家まで行って彼を呼び出した。

「久しぶりにスケート履くなあ」

つきあってくれたカイトは言った。仲間内ではスケートのブームはとっくに下火になっていた。リリカもカイトもそれぞれ別の遊びを見つけていた。

二度か三度、カイトたちも一緒にローラースケートで遊んでくれたけれど、彼らはとっくにローラースケートを卒業していて、やっと手に入れた自分に対して義理でつきあってくれているのがわかった。「地上三センチを滑る」新しい体験を始めた寅次郎との温度差は明らかだ。みんなもっているはずのローラースケートを手に入れたのに、みんなの方はもっていてもそれで遊ばなくなっていた。

一人で遊ぶのは嫌いではない。

友だちの家の近くに使われなくなった工場があって、その前のコンクリートの駐車場で、まずひととおりのことができるまで、黙々と練習した。ずっと待っていた時が来たのだ。

何度も転んだけれど、どんどんチャレンジすればどんどん上達するから楽しくてしょうがない。転んでもいいのだ。

左右交互に蹴り出すことに慣れ、直線でなら片足に完全に体重を乗せることができるようになるまで、それほど時間はかからなかった。外側の足を踏ん張って惰性でカーブを曲がれるようになってから、足をクロスさせて内側の足もカーブの外側へ蹴り出し、カーブの出口へ向かって加速できるまでは少しかかった。体重の移動に失敗すると外へ蹴り出した足が滑ってぺしゃんと内側へ転んでしまう。コンクリートのひび割れに足を取られることもあった。それでも、思い通りに滑ることができているときに感じる快感は他では得られないものだった。

勇気を出して駐車場から外へ出てみると路面は思った以上に厳しい。

アスファルトは車輪の食いつきがいいが、ごろごろと足の裏がこそばゆくなる。コンクリートはスピードが出るが、摩擦が少なく、横方向に蹴り出すとスリップがちになる。わずかな小石でも、つんのめる、足を取られる。路面のひび割れを通過する時には、ひっかからないように膝の屈伸を使って少し体重を抜くようにするのを覚えた。

コンクリート、アスファルト、タイル敷き、そんな路面の素材のこと。少しの雨で水溜まりになる僅かな凹みや、土や砂の浮いた表面のこと。

いつのまにか寅次郎は、ふつうに道を歩くときにも路面の材質や傷み加減を観察するようになっていた。多くの人が気にも留めない道路のディテールを自分だけが知っているという昂揚感も生まれてきた。

寅次郎が走る路面の事前調査までやったのは、もしかしたら学校に上がる前に聞いた、踏切で死んだ女の子のことが頭にあったからなのかもしれない。

漫然と「なくなる」ことが怖かった。

死がどんなものなのかはわからない。

ロボちゃんは死んでも電池を替えれば生き返る。人が死ぬところを見たことはなかった。身近に亡くなった人もいなかった。けれど、人々の口に上る空気を感じると「死」は特別なものでとても恐ろしいことらしいのだ。

夏休みのある日、寅次郎はついに「家から学校の正門までローラースケートで行ってみる」ことに成功した。

それまで毎日、通学しながらの路面調査をしていた。途中、歩道が車道へ向かって傾斜している箇所があった他は、通学路は思ったよりも楽なスケーティングになった。

休みで閉じている正門の前に立って、えへんという感じで手を腰に当ててしばらく達成感を楽しんだ。前を通り過ぎる人々の誰ひとり寅次郎の偉業を知りはしなかったけれど、そこに立つ心は晴れがましかった。

スケートを履いていればどこへでも行けるような気がした。息を整えながら、すぐに次の目標に取りかかりたくなった。

思いついたのは「踏切まで行ってみる」こと。そしてプロジェクトはその地点、つまり北山小学校正門前から直ちに実行に移された。

駅の場所が一番低いから、小学校からは駅に向かう道は全体に下り坂になっている。平らか下りしかないルートはすいすい滑る感じが気持ちいい。

新町駅はあまり大きくない。

駅の向こう半分は何年も建築工事がつづいている。

駅が建て替えられ、線路が高架になって、踏切がなくなる。社会科の授業の「わたしたちの町」のところで先生が話してくれた。

完成予想図で見る新町駅は全然ちがうビルになっていた。

いまは改札口のすぐ横に踏切があって、かんかんかんと警報音を聞きながら閉じた遮断機が再び開くのを待っていると、ホームに停車した電車が見える。この踏切が消えてなくなって、ホームも見えなくなって、大きくて重そうな電車が上を通るなんて全然想像できなかった。

全然ちがう駅がこの同じ場所に出現する。それはいったいどういうことなのだろう。

閉じた踏切を前にして、完成予想図を思い出した。

ホームのアナウンスが聞こえてくる。

発車ベルが鳴る。

ガツンと連結器が嚙み合う音がして、モーターの回転が上がり、ゆっくりといかにも重そうに、ホームを離れた電車が目の前にやって来る。目の前を大きな車輪が通過する。始めのうち、その回転が見えていたのに、最後尾が通り抜ける頃にはもう目で追うことはできない速度になる。

圧倒的な大きさの金属の塊が加速していくのを見るとき、大きなものが通過したあとにできる空気の渦のせいなのか、時々、踏切の中に吸い寄せられるような気がすることがある。

駅に向かう最後の直線も、下り坂でスケートが加速していく感じが、吸い寄せられる感じにとても似ていた。

踏切が開いて、人々が渡り始めても、寅次郎は立ち止まってそれを見ていた。

線路を越えるところで、道路はアスファルトからコンクリートになる。レールの周りを埋める赤さび色の敷石《バラスト》を遮るようにコンクリートの道がレールを避けながら続いている。道路は夏の日差しを照り返すほどに白い。

しばらく次の電車を待ってみた。

しびれを切らせて踏切に背を向けたとき、書店が目に入った。

そういえば……。

小学校に上がる前には母親に連れられて買い物に来ると、この書店によく立ち寄ったのに、いまでは買い物に付いていくということをしなくなっていた。母はいまでもこの書店に立ち寄っているのだろうか。

いま自分がローラースケートを履いてこの場所に居ることに気づいた。

視野の中に「お地蔵様」を探した。

赤いよだれかけが見えた。

近づいてみようとした瞬間、クラクションに耳を塞がれた。

踏み留まろうとした足の車輪《ホイール》が空転した。

危なかった。左右を確認せず、道を渡ろうとしていた。

自動車に当たらずに済んだ代わりに、顔から歩道に倒れていた。大丈夫。とっさに支えようとした手が少し痛んだ。しばらく転んでいなかったのに、またここで転んでしまった。たぶん踏切にはローラースケートを履いた人間の動作を狂わせる力がある。

ゆっくり起き上がり、改めて安全確認をして地蔵尊に近づいた。地蔵が思っていたより小さかったのは、寅次郎の背が伸びていたからだ。

青い人形、いや、ロボットだ。ブリキでできたロボットが地蔵尊の前に横たわっていた。このロボットもやっぱりうちにいるロボちゃんに似ている。

「死んだ女の子との思い出の入り口なの」

母の言葉を思い出した。そこに捨てられていた自分を拾って育てたのだという話と一緒に。

足元の青いロボットに向かって手を伸ばそうとして、その手を止めた。前にも見たことがある。その時、拾おうとして母に制止された。遠い記憶なのにとてもよく覚えている。

ロボットの目が拾ってくれと言っていた。きみのおうちに行きたいなあと。拾ってどうするんだと自問する。拾ったら育てなければならないのだ。いつまで？　ずっとだ。

母が自分を育てるのを止めたら、自分はどうなるのだろう。

口の中でへんな味がしていた。鉄の味。転んで口の中を切ったらしい。とても懐かしい味。ずっとずっと子供の頃、ブリキでできた飛行機を舐めたときの味。まえに転んだときの味。

「舐めちゃだめよ」

突然、母が叫んで、手に持っていた飛行機を取り上げられた。あの飛行機はどこへ行ったのだろう。次の日、白いブリキの飛行機の代わりに、青いプラスチックの飛行機が玩具箱に入っていた。それだけでなく、いくつかのブリキのおもちゃが玩具箱から消えていた。

寅次郎にひとつの考えが浮かんだ。

「やっぱり自分の身体はブリキでできているのではないか」

それともこの血の味こそが人間の味なのだろうか。思えば自分の血の味を知っていても、他人の血は飲んだことも舐めたこともない。

ショートパンツの女の人が目の前を通り過ぎ、駅へ向かっていた。がに股でふらふらと自転車を漕いでいるおじいさんがいる。イヤフォンから聞こえる音楽に合わせているのだろうか、顎でリズムを刻んで歩いている茶髪の若い人がいる。そんな人たちだって、全員、ロボットかもしれない。この国がロボットの国ではないと、誰が言えるのだ。

ずいぶん長い間、地蔵尊の前で足元で仰向けに置かれた青いロボットを見て、ロボットの国について考えていたと思う。

そのあいだ、踏切の警報が聞こえ、ホームのアナウンスが聞こえ、通過する列車が線路のつなぎ目を乗り越える音が聞こえ、そして遠ざかり、遮断機が上がって踏切に入っていく自動車のエンジン音が聞こえた。

そこにいると、踏切の音から始まる一連の音が、時を打つ音のようだった。

「そのロボット、欲しいの？」

女の人の声だった。母親より歳がいっている。うちのばあちゃんよりはたぶん若い。

「いいえ」

「暑いでしょ。汗びっしょり。中に入る？」

書店の中は涼しかった。紅潮した自分が発する熱が一面に並べられた本に吸収されて行くみたいで、お腹が冷えそうだった。いざとなったらトイレを借りなくてはならないかもしれない。

母と一緒に買い物に来なくなっていたから久しぶりだ。

「危ないから脱いでね」

ローラースケートを指差した。店内に一人だけいた客が立ち読みしていた雑誌をラックに戻して出て行った。

「あの、踏切で亡くなった女の子のお母さんですか」

亡くなったという言葉を覚えてから自分で使うのは初めてだった。

「そうよ。よく知っているわね」

「母から聞きました。それでお地蔵さんを作ったって」

「ナギサのこと、もうみんな忘れていると思ってましたよ」

「ナギサさんというのは亡くなった人の名前ですか」

「そう。島田凪砂《しまだなぎさ》」

シマダナギサ。名前を頭の中で復唱した。名前を知ると、急にその人の存在が生々しくなってくる。

「お地蔵さんの前に、お人形さんとか、ロボットとか、置いてありますけど、誰が置いていくんですか」

「はじめのうち、わたしが好きなものをお供えしたりしてたんだけど、そのうち、誰か知らない人が、時々、色々なものを置いていくようになったの。なんでかしらね。何かを置きたくなるような場所なのかしら」

「お地蔵さんは凪砂さんの思い出の入り口なんでしょう?」

「思い出の入り口?」

「母がそう言っていました」

「そう……」

店のオーナーらしき女性はちょっと何かを考えるような表情をして言葉を続けた。

「うまいこと言うわね」

「お地蔵さんの前に置いた物はその後どうなるんですか」

子供扱いされないように言葉づかいに気をつけて話していたつもりだ。床屋で「紳士だ」と言われた時のように。

「三日間はそのまま置いておくことにしてる。誰かの落とし物かもしれないし、置いた人が取りに来るかもしれないから三日経ってそのままだったら片づけます」

凪砂さんが現れて持っていったりしないのか。そう聞いてみようと考えたけれど、思いとどまった。

「誰かがもっていくことがあるんですね」

「お人形はわりとなくなるかな」

「ロボットは？」

「ロボットも人気があるかもしれないな。やっぱり持っていくのは小さい子なのかしらね」

とても優しい笑顔だった。

胸の鼓動が激しくなっていた。息が浅くなっている。肩を大きく動かして息を吸おうとしているのに、少しも空気が肺に入って来ない。空気を吸っているのに、少しも酸素が含まれていないような。

なんとか大きく二回ほど呼吸をしてやっと大事なことを聞く決心ができた。

「赤ん坊が捨てられていたことはありますか」

島田さんの目が大きく見開かれた。

「赤ちゃんの時でも三日間そのまま放っておくんですか」

返事が来る前に問いを続けた。

「まさか……」

「赤ちゃんが捨てられていたことはありますか」

質問を繰り返した。

島田さんの目がじっと寅次郎を見つめてきた。二度瞬きをして、少し開いた唇が動いた。けれど、言葉は出て来ない。ちょっと苦しそうに眉間に皺がより、片方の口角が上がり、また無表情にもどった口からやっと言葉が絞り出された。

「まさか、……ありませんよ」

「本当に？」

間髪入れずに聞き返す。

「お花や食べ物以外は、お人形やロボットばっかり。だけど……」

女の人の目に涙が浮かんでいた。

「ロボットじゃなくて、人間の赤ん坊だったらいいのにと思ったことはあります」

今度は寅次郎が島田さんを見つめることになった。

「すぐに中に入れなくちゃと思って、一度、抱き上げたの。静かに眠っていた。ほんの微かに、すう、すう、って寝息が聞こえた。いや、聞こえたらいいのにと思って顔の前に引き寄せたの。暑い日でずっと陽が当たっていたからブリキがとても熱くなっていたのね。頰に体温が伝わってきて、赤ちゃんの匂いがするかもしれないと思った。二十年近く前に、凪砂を育てた時に嗅いだ匂いと同じ匂いがすればいいのにって」

思い出すように視線が少し上を彷徨《さまよ》った。

「正直に言うとちょっと迷ったのね。このままこの子をもらって育てようかなって。もう五十歳になっていたけど、凪砂を育てた時みたいに、もう一度、この子を育てたら……、途中でいなくなった凪砂の代わりに……。男の子を育てたことは無かったし」

　ロボットが「この子」になっていた。「この子」がいつのまにか「男の子」になっていた。

　また息を止めていたことに気づいた寅次郎が、意識してすうっと息を吐いた。

「新しい洋服をきちんと着せられていた。なんとなくなのですけど、子供を捨てる親がすることのように思えなかった。何かの事情があって、赤ちゃんをそこへ置いていったのだとしても、もう一度戻ってくるような気がしたの」

「それで？」

「もういちど、そっと元の場所に戻しました」

「その子のお母さんは戻ってきたんですか？」

　ふと寅次郎もその子のお母さんと言った。

「店の中から赤ちゃんの居る場所が見えるように、いつも店番をする時に座る場所の椅子をちょっとだけ動かして……。それからは仕事にならなかった。棚の整理や品出しをするのに椅子から離れると、赤ちゃんが見えなくなってしまうでしょう。お手洗いに行きたくなって、超特急で行って、もどって来て。ああ、まだ居たってほっとして」

「いて欲しかったんですか？」

「わからない」

「手放したくないと思っていたんですか」

「わからない。わからないときは自然に任せる。本当のお母さんが来たらお母さんの元がいいし、縁があってわたしのところに来たのなら私が育てようと思ってました」

やっぱりロボットだって育つんじゃないか。

「お母さん、もどって来たんですか？」

「そろそろお昼という時間だったかしら」

よかった。もどって来たんだ。

「どんな人でした？　たとえば服装とか。どんなことでもいいんです」

「そのお母さんのことを知りたいの？」

頷いた。

「手だけしか見えなかった。白いブラウスで、肘の少し下まで袖を端折って着ていたかな。女の人の手だったのはたしか」

口に溜まっていた唾液を飲み込もうとしたのにうまくできない。

「帳簿を付ける作業をしながらだったの。そっと拾い上げて視野から消えるのを見かけて、あっと思って外へ駆けて出たのだけど、ちょうど踏切が開いたところで、大勢の人がいて、もうそれらしい人はわからなかった」

〈ヘミングウェイの本はありますか〉

近くにある高校の制服を着た女の子がレジに来て、話はそこで途切れた。

本当に子供が捨てられていたのだろうか。その女の人が拾っていったのはロボットじゃないのだろうか。大人だってロボットを拾うことはあるんじゃないか。

文庫売り場からもどって来た島田夫人に言った。

「外のあのロボット、僕がもらっていってもいいですか」

「いいんじゃない?」

「大切にします」

スケートを時間をかけてしっかりはき直した。店を出て、地蔵尊のところでロボットを丁寧に拾い上げた。

「ありがとうございます」

背負っていたリュックにそっと仕舞った。中で横になってしまわないように。ちゃんと頭が上になるように。

「転ばないように気をつけてね」

その声を背にして、ローラースケートを漕ぎ出した。

のっし、のっし、のっし。

ロボちゃんと同じように左右の足を交互に前に出してロボット歩きをしてみた。

肘を曲げずに手をまっすぐに伸ばして振ると、やっと一人前のロボットになれたような気がした。

リュックの中のロボットが跳ねて背中に当たる。自分に拾われたことを、ルンルンと飛び跳ねながら喜んでいるみたいだと寅次郎は思った。

＊　＊　＊

寅次郎がオフィスの端末をシャットダウンするとき、画面は二十二時五十一分を表示していた。

終電のひとつ前の電車で帰ることができそうだ。

大学を出て半年の新入社員にそれなりの仕事を任せてくれるのはうれしいのだけれど、毎日毎日、自分の力の無さを痛感している。結局、新人は体力勝負しかできない。

就職を決めたときは言われたことをそれなりに上手くこなして、仕事よりプライベートを大切に生きていこうと思っていた。それがいざ働き始めると職場の雰囲気に飲まれてあっというまに仕事人間になってしまっていた。

残業してしまうから労働時間は長い。会社の雰囲気はブラックではない。服装も出勤時間も、あるいは出勤しないでリモートワークをするのも原則自由。ただし、新入社員の自分の場合、フレックスタイムは使えるけれど、毎日必ず出勤すること、となっている。

オフィスにいなくても仕事が進むようによく考えられている。

ほとんどの仕事はパソコン上で進められている。仕事ができる人はどこにいても仕事ができるけれど、新入社員はそもそも仕事の仕方を教えてもらわなければならない。教えてもらうのも八割は端末とネット環境で間に合うけれど、新入社員は「誰に聞けば答が得られるか」すらわかっていないから、残り二割は「目に見える範囲にいて聞ける先輩」を必要としていた。

先輩たちのほとんどは週に一回か二回しか来ない。毎日のように入れ替わる。その誰にでも教えてもらうことができる。その人が答えられなくても答を知っている人を教えてもらえれば用が足りるのだ。

この制度のおかげで、リモート勤務の人が多い会社でありながら、新入社員の自分が一ヶ月ほどでほとんど全部の社員と知り合うことができた。席が決まっている会社だったらきっと近くの何人かとしか知り合うことができなかった。

先輩が遅くまで自分につきあってくれるわけではない。

「わからないことがあったらＶＣに質問を投げておいて」

今日の先輩は午後七時にそう言って退社していった。いつもとメイクが違っていたから、多分デートだ。なんて一人きりのオフィスで勝手に妄想してみる。

ＶＣというのはバーチャルカンファレンスのこと。

ネット上に新入社員育成のサロンがあり、自分専用の会議室が用意されている。そこに質問を書き込むと、全社員がよってたかって教育してくれるしくみになっている。入社したばかりの自分にとっては分からないことばかりだった。それがあっというまにどんどん分かるようになり、それが楽しくなってしまい、気がつくと仕事の渦に巻き込まれてしまっている。

正常にシャットダウンが終わったのを確認して、誰もいなくなったオフィスの隅のハンガーからパーカーを取って羽織った。

スマホの乗り換えアプリを開き、歩いても間に合うことを念のために確認して、寅次郎は駅に向かった。

ドアが開いて新町駅のホームに降りると、そこには思いがけず大勢の人がいた。ほとんど男性ばかりだ。

この時刻、上りはもう終わってる。後に来る下りは最終電車一本のはず。

人混みの理由が分からなかった。

事故でも起きて、上り電車が大幅に遅れていたりするのだろうか。手元の乗り換えアプリに通知は来ていない。下りに乗っているから上りの電車に関する通知は来ないのか。

改札までいつもより時間がかかった。

小さなロータリーへ出ると踏切の方から拡声器の声が聞こえてくる。何を言っているのかはよくわからない。とにかく人がいっぱいいる。

野次馬根性が芽生えていた。遠回りをして踏切の方へ行ってみよう。

まもなく人混みになっている理由が分かった。踏切の近くに三脚を立てようとしている人がいて、混雑しているから三脚は使わないでくれと駅員が繰り返している。

鉄道ファンか。

それにしても何故ここに撮り鉄が集まっているの。何の変哲も無い駅。特別な車両が走っているわけでもない。

湘南をドライブしたとき、江ノ島電鉄の鎌倉高校前駅で写真を撮る人がたくさんいるのを見た。『スラムダンク』のアニメに登場した聖地だとかいう理由だった。

「ドラマの撮影でもあったんですか」

同じ方向へ向かう若い人に訊ねてみる。

「踏切ですよ」

何を言っているんだという顔をされた。

「事故があったとか?」

「違いますよ。この踏切の最後の日なのです」

そうか、思い出した。折り込みの『沿線ニュース』に書いてあった。いよいよ七月二十二日から山花線新町駅が高架になるのだと。

子供の頃からだ。ずっと長い間、高架の工事をしていた。

「ここが山花線の最後の踏切だったんです。高架化が完了すると山花線の踏切はゼロになるんです」

そんなことも知らない人間がなんでここにいるんだという口調だった。

子供の頃から住んでいる自分の町なのにこっちがよそ者にされているようで腹が立った。

工事が始まったのはいつだっただろう。小学生だった。あの頃から十何年かの年月をかけて小さな駅のそのままの場所に駅ビルと高架が作られていった、その姿をずっと見つづけていた。工事をしている風景が日常になり、そして、いつのまにか外観は完全に出来上がったように見えるまま、一年以上、遺跡のように見た目には変化がなかった。

長い工事期間を経て、ついに駅と線路として命が吹き込まれる。そういうことか。自分も踏切の最後の姿を見届けたくなった。自分にはその権利がある。こいつらみたいなにわかじゃない、自分がここで育った、自分の町だ、自分の踏切だ。自分こそ、踏切の最後の姿を見送るべきだ。

いよいよ踏切に近づいた時、警告音が響き始めた。人々は次々にカメラを頭上に掲げる。

「踏切が閉まります、下がってください。危険ですので下がってください」

「カメラをかざさないで、押さないで、危ないから押さないで」

人混みをくぐり抜けてなんとか最前列へ出ようとした。

人と人の隙間に、一瞬、小さな女の子が見えた。

子供が……と思った瞬間、背筋が凍った。

見失ったその子を見つけ出そうと人を押しのけて前へ出ようとした。

「押すんじゃャネエよ」「なんだこいつ」「危ねえな、押すなって」

そんな言葉を浴びせられながら、人と人のわずかな隙間を拾い集めるように小刻みにゲイン、ゲインを繰り返し、混雑の中で人をかき分けた。

「危険です。押さないでください。線から後ろへ下がってください」

拡声器の声が近づく。心が痛む。

あたりは殺気立っていた。だれもが最後の踏切を通過する電車を写真に収めようとポジション争いをしている。

踏切から四列目くらいだろうか。

なんとか三列目。遮断機が見えた。きっと隙間から通過電車も車輪も見える。

「押さないでください。危険です。下がってください」

押していた自分が今度は押されていた。

なんだこれは……。

三列目のまま、踏切の中へ押し出されそうだった。遮断機のワイヤーがこの群衆の圧力をすべて受け止めてくれるとは思えなかった。

もう前に出たい気持ちはなくなっていた。危ない。もっと後ろに下がりたい。

〈川北行き最終電車、まもなく発車となります。本日の下り川北方面の最終電車です。お乗り遅れの無いようにお急ぎ、ご乗車ください。列車、まもなく発車致します〉

聞き慣れたアナウンスが、喧噪の向こうにかき消されそうに聞こえてくる。

「ここやべえよ」

すぐ前の男の声が震えていた。

踏切に少しでも近づきたい者、いいカメラポジションを確保したい者たちの熱い意志が集団を後ろから押している。そして、皆が目指す絶好の位置にあたる最前列付近は、線路へ押し出される身の危険を感じて、少しでも早くそこから離脱して安全な場所へ逃げたいと思う者ばかりだった。

押されて身体が浮いてしまいそうだった。

それでも足を突っ張って押し返さなければならなかった。

列が崩れて最前列にまで押し出されたが、なんとか踏みとどまった。

まずい。横へ逃げる空間を探そう。顔を右に向けると、自分から二人目の男性の足もとに小さな女の子がいた。

腕にロボットを抱えている。

アロハシャツを着た男性が、彼女が押し出されないように空間を作ろうと腰を引き、後ろに体重を預けて必死で耐えていた。

その子を知っていると思った。誰なのかは思い出せない。

駅では発車のベルがけたたましく鳴っている。

後ろからの圧力がいよいよ強くなる。

大勢の意志が揃うときに恐ろしい力が生まれる。近づきたいプラスの意志と、下がって危険から逃れたいというマイナスの意志が、同じ場所でランダムにぶつかり合っていた。人間の力が同じ向きに揃って強め合い、そして急に弱まり、引き波のように戻る力が勝つ時間が来る。その揺らぎが綱引きのようだった。どちらかが負けるまで、永遠に続くような気がした。だが、この綱引きには負けるわけにはいかない。

電車の動き出す音と振動が靴の底から伝わってきた。

最初のレールのつなぎ目を越えるゴトンという音で身震いをした。フラッシュが焚かれて刃《やいば》のように光る車輪が近づいてくる。それはまもなく目の前の踏切の中のレールの反射する光と重なるのだ。

少女のようすを見やった。

その瞬間、彼女の手から青いロボットがこぼれ落ちるのが見えた。二、三度転がったところで偶然誰かの出した足に当たり、踏切の中へ転がり出た。

だめだ！

心の中で叫んでいた。その先に起きる未来の映像が寅次郎の頭に浮かんだ。

「だめだ、じっとしてるんだ。だめだ。出ちゃダメだ」

今度は声に出していた。

ロボットを追って少女が遮断機をくぐった。

だめだーー!!

掠れた声が、出たか、出なかったか。

声と同時に寅次郎は隊列から飛び出して少女を追った。

耳のすぐそばで、いままで聴いたことのない轟音がした。

＊＊＊

暗い場所にいた。地下室のようなところだ。

天井の方から漏れた光が、ビームのように細く目の前にある階段を照らしていた。

「ここは、いったいどこなんだ」

「あ、しゃべった」

「え？」

頭の後ろから女性の声がした。聞いたことのない声だ。

「ロボちゃん、電車に轢かれるところだったんだよ」

首を捻って声のする方向を見上げると、髪の毛をツインテールにした巨大な顔があった。

どうやら自分はこの巨大な女性に抱きかかえられている。

「もう少しで轢かれちゃうところだったのを、私が助けてあげたの」

「いま、僕のことをロボちゃんと呼んだよね」

「うん、ロボちゃん、お地蔵さんの前にいたから、わたしが拾って育てていたんだよ」

天井の上が騒がしい。救急車のサイレンが聞こえる。叫び声や拡声器を通った声も聞こえる。地上で、何か事件が起きたらしい。

「君が僕を、助けてくれたって？」

「そうだよ」

ごとん、ごとん。

彼女の心臓の鼓動が自分の背中に伝わってきている。

「左の手が取れちゃったね。かわいそうに」

え？

左手があるはずの場所が肘からなくなっていた。痛みはまったく感じない。

「心配しないで。大丈夫だから。ロボちゃんには新しい手を付けてあげるから。何度でもちゃんと直してあげるから」

目を凝らすと、あたりには手や足や首のもげた青いロボットがたくさん転がっていた。いくつか人形もある。

「なんだか上で騒がしい声がするけど……」

「踏切事故。男の人が飛び込んだんだって。大勢の人が見ていたらしい。もう明日からは踏切がなくなるという夜の最終電車に飛び込んでしまったのね」

「その人、死んじゃったの？」

「何言ってるの？　生きてるじゃない」

「……？」

「言ったでしょ。わたしがあなたを助けてあげたんだって」

「もしかしてお地蔵さんの中？」

「そうよ」

「やっぱり、僕は死んだんだね。死んだ人じゃないと中に入れないんでしょう？」

「ちがう。間違っている」

「だって……」

「命のないものだけが入ることができる」

「踏切事故で命を落としたからいまここにいるんじゃなくて？」

「あなたはロボットだもの。命なんか最初からないの」

彼女の心臓の音がレールの継ぎ目を拾う電車の音のようだ。それが眠気を誘う。

最終電車が過ぎた時刻だ。

肘から先を失った左腕を顔の前まで引き寄せた。千切れた配線とバネと何本かの細い管がはみ出している。

その破断面をそっと舐めた。

鉄の味がする。血は一滴も流れていないのに。

「いま治してあげるから、じっとしてて。目を閉じて」

彼女は左手で自分を抱きかかえたまま、壁際の棚に並んでいる腕のひとつを空いた手で引っ張り出した。

そっと眼を閉じた。

肘にモゾモゾとこそばゆい感覚が生まれた。

「そのまましばらく押さえているとと自然につながりますからねえ」

暗い部屋は心臓の音と振動に包まれていた。

《生まれ代わってきたら、ロボちゃんに名前をつけなくちゃ。

そうねえ。

寅次郎、なんていいかも》

大きな顔が上から自分を覗き込んでいた。
いきなり背中のボタンが押されたような気がした。
一瞬暗くなって、もう一度目が開いた。リセット？
何が起きたのか聞こうとした。声は出るのに言葉にならない。
《ああ、寅次郎、元気な泣き声ねえ》
いま自分を覗き込んでいる女性、二年前に亡くなった母に似ている。

第五話　正門警備詰所

「佐竹《さたけ》さん、七時四十五分から外壁周りね。今日は僕が後ろにつく」

主任の水野《みずの》さんから声がかかって、佐竹信之介《しんのすけ》は壁にかかった反射材付きのベストを羽織り、ヘルメットを手に取った。午後七時から始まる夜のシフトの最初の外周見回りだ。懐中電灯を手に取れば準備はオーケー。

業務の中で外周見回りはいちばん緊張する仕事だ。

工場内の巡回で外部からの侵入者に出会うことはまずないが、外回りだけはどんなことに遭遇するか分からない。

もちろん実際には大したことは起こらない。近くに一軒だけある一杯呑み屋から出て来た酔っ払いが工場の塀に立ち小便しているのを注意するのが関の山。ただ問題なのはその呑み屋の客のほとんどが株式会社ルミナ電子の従業員であること。工場ばかりの立地だから周囲に人通りはあまりないけれど、逆に辺りにいるだけで上場企業の社員であると見え見えの場所での素行について会社が神経質になっている。軽犯罪に相当する行為については「しっかりと注意すること」とマニュアルに明記されている。

見回り中にたまに遭遇する立ち小便は軽犯罪法第一条二十六号、またゴミのポイ捨ては同二十七号に規定されている犯罪だ。

《なお、巡回中に犯罪（軽犯罪を含む）行為を発見し当社の社員によるものと分かった場合には、部署名を確認の上所定の書面に記録すること》となっている。

「用意できました」

「行きましょう」

変化に乏しいルーティンワークではあるけれど安全を守る仕事だ。

出発時刻はランダムに毎日変わる。単純に同じ時刻に巡回をしていると、悪意を持った侵入者に見回りの来ない時間が分かってしまうというのがその理由だ。安全のために二人一組で巡回することになっているが、一定の距離をおいてお互いが見える場所にいる状態を保つことになっている。警備会社の研修では、互いの視野の中に二人離れて巡回することで暴漢に襲われる危険を抑止する効果があると教えられた。わざわざそう言われるとかえって怖いのだが。

工場の安全基準もあって、巡回だけでなく詰所の番も常時二人以上で当たる。正門のシフトは見回りに出る二人と詰所に残る二人の四人が一組になる。臨時の出動が必要になったときに詰所が空にならないためのバックアップでもあり、複数の事象に同時に対応するためであり、詰所内での安全確保のためでもある。

「それに高齢の方が多いですから詰所で急に体調を崩されることも考えられますしね。緊急に救急車を呼べる人がいる必要もあります」

講師が小声でテキストにない言葉を添えたときには、研修会場に笑いが漏れた。

辺りはちょっとした工業団地で、ひとつのブロックごとに大きな工場が碁盤の目のように並んでいる。ルミナ電子神奈川工場の周囲はおよそ一・二キロの距離があり、そこを二人で三十分ほどかけて巡回する。不審者を警戒するとともに、塀際に不審物が置かれていないか、地域貢献として会社の費用で設置されている街路灯の電球にちらつきがないか、などいくつかの項目に注意しながら、ぐるりと工場の敷地の外を一周するのだ。

都心から離れた工業団地に位置する最寄り駅の上り終電は十一時より少し前だが、呑み屋が店を閉める十時を過ぎるとほとんど人通りはなくなってしまう。たまに犬を散歩をさせる男性が通ることがあるくらいだ。

「第三工場の角のところで擦れ違った子、すごくスタイル良かったよね。一瞬でも懐中電灯を当てて顔見れば良かったかなあ。あ、なまじ見てしまってがっかりするのももったいないか」

いつもの水野節が出て、シフト「夜勤正門」の初回の巡回は何ごともなく終わった。


総務部警備課警備室の交代制シフトは全部で四種類、ローテーションの順に、日勤本部、日勤正門、夜勤本部、夜勤正門、つまり、勤務時間が日勤か夜勤か、待機場所が敷地の一番奥にある第二工場脇の警備課本部詰所か正門詰所になるかの組み合わせで、一日十二時間をそれぞれ二日ずつ勤務して、日勤から夜勤へ、本部から正門へと移動して、八日連続勤務の後、四日間の休みになる。一日の勤務は日勤が午前七時から午後七時まで、夜勤がその反対、引き継ぎのためにオーバーラップする前後の時間は残業扱いになる。

「佐竹さん、今度の休みは何するか予定あるの？」

「別に何にも予定はないですね。一人暮らしだからやらなきゃならないこともないですしね。成岡《なりおか》さんはお孫さんの面倒見ですか」

「かわいいんだよね。息子の結婚が遅かったからね」

「六歳でしたよね」

巡回から戻ると四人揃った詰所は雑談に花が咲く。一人は正門前に立哨にでることになっているが、巡回に出ていない時間帯なら部屋に残る三人はとにかく暇なのだ。

会話が途切れると、横では詰所の扇風機が首を振りながらぎぃぎぃと立てる音だけになる。首振りの向きを反転させる度に苦しそうにククっと引っかかるような仕草を見せる。

「こいつ、足を引き摺って歩く年寄りみたいだな」

そう言ったのは誰だったたか。その時はみんなそれぞれに自分に当てはめて小さく笑った。水野さんは四十代だが、他のメンバーは六十を過ぎている。肩だの腰だのどこかしらに痛みを抱えている。もちろん、その年の人間の雑談だから、糖尿だ高血圧だと病気自慢になることもある。

扇風機にはかつて家電を作っていた子会社のロゴが付いているが、十年以上前にその会社は清算して家庭電化製品から手を引いてしまったはずで、つまり、この扇風機は十年以上、この狭い正門警備詰所で、湿気た空気をかき混ぜ続けてきたということだ。羽根が茶色くくすんでいるのは、もしかしたら煙草のヤニなのか。だとすれば軽く二十年前から動いていたことになる。若い連中は信じないかも知れないが、かつては事務所でも食堂でも、どこにでも灰皿があって男たちが代わる代わるに吐き出すたばこの煙の匂いがしていた。

株式会社ルミナ電子神奈川工場の警備員として働き始めたのは半年前だった。工場内の警備の仕事はすべて「鈴代《すずしろ》警備保障」から派遣された警備員が担っている。信之介もその一人だ。

一応、警備課課長はルミナの社員だが総務部の他の仕事と兼務で派遣社員を書類上管理しているだけだ。警備マニュアルだって前の主任が作成したものだという。課長は印鑑を押しているだけなのだ。

警備課の実務上のトップである水野主任は業務委託先である「鈴代警備保障」の方のプロパー社員でメンバーの中ではいちばん若い。

交代制で深夜勤務もある警備員はなり手が少ないらしく、応募してくるのは信之介たちのような高齢者ばかりだという。法律でハローワークの求人に年齢制限を付けることはできなくなっているけれど、ハローワークの担当者は「この会社では四十五歳以上の採用実績はありません」などと遠回しに教えてくれる。その後に「こんなお仕事はいかがですか」と警備員の仕事を提案された。

「この会社なら採用実績があるんですね」

「はい、むしろ六十歳以上の方が中心です」

素直にやってみたいと思った。デスクワークではない仕事の方がいい。それが結論だった。年なりに傷んでいるところもあるがとりあえず健康だったからなんとかやっていけるのではないか。家族もいない。夜勤があるのも気にならない。むしろ、深夜の手当が付いてこの年にしてはいくらか手取りが多くなる。人が寝ている時間に働く代わりに人が働いている時間に遊べる。前職のとき、徹夜明けで駅に向かうとき、出勤してくる会社員と擦れ違うのが妙にうれしかったことを思い出して、意外な出会いにちょっとときめいた。

警備会社の契約社員になると二週間ほどの一般研修を受けたあと、いまのルミナ電子神奈川工場に派遣された。通勤時間が一時間以内という基準に合っていたからだろう。

大きな会社の工場は塀も高く、監視カメラもある。建屋の出入りにはセキュリティーカードが要るから、普通の泥棒が入ってくることはない。警備員といっても外からの侵入者に対する警備をするというよりも、内部で起きる事故や不始末を巡回によって探し出して、大きな事故などにつながらないようにする仕事で、柔道だの剣道だの格闘技の心得も要らない。有り体に言えば、まあだいたいは誰でもできる仕事で、むしろ、町から離れた地味な職場での深夜勤務をいとわない人材を集めるのが容易ではないという理由で、他ではなかなか採用されない高齢者の仕事になっているらしいのだ。

定年退職になる年齢になっても働き続けなくてはならない事情があるか、そうでなければ五十歳を過ぎて職を失うような事情があって、その上で他の仕事に就けるような能力を認めてもらえない人の最期の砦のようでもある。

いや、ちゃんと能力のある人であっても、この国では、ある年齢を過ぎると能力を評価してもらえない。

しかたがないと納得している。

日本の会社では高い年齢で職位が高くても能力があるかどうかはわからない。年功序列が基本だから年齢だけでタイトルが付いてしまうのだ。短い期間で能力をチェックする方法がないなら履歴で判断するしかないのだが、履歴書に部長課長と書かれていてもそれが能力判定にまったく使えないとなると、高齢者の能力を正しく評価する手段は事実上存在していない。

これからは一兵卒でいい。給料だって高望みしない。

自分がそう考えていても、オフィスワークでは雇う方が高齢者を嫌う。その理由に自分自身が納得できていた。

半年間の失業手当をもらう間、不採用だろうとの予測を確認するかのようにいくつかの会社に応募しては落とされた。予想していたことでも、これ以上不採用が続くと、自尊心が傷つくばかりだろうと、ハローワークで勧められた警備員の仕事に応募した。

見事一発で採用された。

採用通知をもらってみると、あまりにうれしくて、あまりに安堵している自分に驚いた。百パーセント予想し納得して落とされていたつもりでも、「不採用」という事実が思った以上に自我を蝕んでいたのだ。

〈佐竹信之介様の今後のご活躍をお祈り申し上げます〉

お前はいらない。

書類を出しただけで会ってももらえなかった。中には返事をもらえなかった会社もある。ハローワークの窓口担当者が手配してくれた会社は面接までは進んだ。面接で終始にこやかに丁寧にやりとりをしてこれならいい感触だと感じていたのに「お祈りメール」を受け取った。

就職活動というのは相手の本当に要求するものが漠としてわからないまま相手に

自分を晒し、一方的に何かわからない基準で評価を下されるものだといまさら知った。

それもそのはず、新卒で就職した前の勤務先は学科推薦枠で事実上の無試験で入社していたから、ガチの就職活動ははじめての体験だった。

知らぬ間に魂が蝕まれ、心が悲鳴を上げていたのだ。

失業手当こそもらっていたけれど、大事なことに気づかないまま半年の間、自分を痛めつけ、無駄弾を撃ち続けていたような気がした。

もともと自分なんてたいそうな人間ではない。

必死で自分に言い聞かせて自尊心を地面に寝かしつけてやらないと傷の痛みがひどくなる。そのことに気づいていながら同じことを繰り返した。

自分を雇ってくれるところがたった一つ見つかって、意識されていなかった焦燥感が消えていくのが分かった。

失業保険をもらえる期間を六十日も残して、少ない給料で雇われることになったというのに、もうそんなことはどうでもよくなり、勤める先が決まったことがうれしかった。

これでいい。これからは警備員として生きていく。

午後十時三十分、正門の立哨に出た。

梅雨が明けたばかりの強烈な太陽でアスファルトはこの時刻になっても熱を放っていた。長袖のユニフォームの袖を降ろすか捲り上げるか、判断を間違えたと後悔した。長袖の下の虫除けを塗っていない腕を出すと蚊の集中砲火を受けることになる。

十分経っても誰も正門を出入りしない。いつもの人の波が途切れる時刻になっていた。

小さなことだが、人の通らない門の前にただ立っていると自分がいる価値を見いだせないような気がしてくる。

何もないのがよいこと。何かが起きることを事前に見つけて防ぐのが保安の仕事なのだが。

夜勤は定時退社の波が過ぎてからシフトに着く。

おおよそ電車に合わせて工場内から人が出て来て、夜が更けるにつれ電車の本数も少なくなり、人の波がやがて単発のまばらな集団となり、やがてだれも通らない時間がやって来る。残るのは終電に合わせて出て来る何人か。

そういえば、今日は深夜残業届に何人の名前があったか見ていなかった。

詰所の時計が終電十五分前を指していた。

ここから駅のホームまでは歩いて十四、五分かかる。今日は終電組がいないのだろう。

そう思い始めたころ、節電のために止められた噴水を回り込んで走ってくる人影が見えた。歩いては間に合わないが走れば間に合うぎりぎりの時刻によく見かける風景だ。

やがて足音が近づいて来て、暗がりの中で顔が見える。

「おつかれさまでした」

ぴったり正門を通過するタイミングで声をかけた。

「どうもー」

少しだけ顔を向けて息を切らしながら挨拶を返して走り去ったのは特機事業部の梶山《かじやま》さんだった。

結局、三十分、外に立っていて正門を通過したのは一人だった。

「おつかれさまでした」

今度は詰所に戻った信之介がその言葉をかけられた。

「別にたいして疲れはしませんけどね」などと返さなくても分かっている。ここにいるみんな同じ仕事をしている。

「扇風機、止めていいよね」

ひとりそう言って成岡さんがポンコツの扇風機を止める。やっとコンクリートが冷えたようだ。あたりはいよいよ静かになり、かすかにエアコンの音だけが詰所に響いていた。


夏のエアコン設定温度は二十八度と決められている。会社は「地球環境を考えて」という美辞麗句のもとに経費節減をしたいのだと、みんなそう言っていた。

もうひとつの詰所である警備課詰所は、敷地のちょうど反対側、一番古い工場建屋の端にある。どうやら母屋が建てられたときには無かったところに増築されたものらしく、その位置も佇まいもいかにも僻地感が漂っている。

断熱材も使われていないのか暑さ寒さも堪《こた》える。母屋は集中冷暖房の風がダクトから吹き出しているけれど、詰所には家庭用の冷暖房機の大きめのものが据え付けられ、外の室外機でファンが回っている。近年の暑さはそれでは能力が足らず、部屋の角で扇風機を回して凌いでいる。母屋から離れた正門詰所も同じだった。

「この扇風機は昭和の風情だね」

最年長の成岡さんがしみじみそういうのをもうみんな何十回も聞いている。

「メルカリに出したら高く買ってくれる人がいるかもしれない」

成岡さんが自嘲気味に言い、労働組合主催の盆踊り大会で配られたうちわで胸元を扇ぎながら昭和時代には子供だった水野主任が「そうですね」と話を合わせる。そんなやりとりが繰り返されるのだ。もちろん成岡さんはメルカリでの売り方も買い方も知らない。それにいくらなんでも昭和の後には平成が三十年もあったわけで、昭和に作られた扇風機ではないのだけれど。

問題さえ起きなければ警備室はひどくのんびりとしている。

そして少なくともこの会社に来てから六ヶ月の間、実際に大した問題が起きたことはない。完全な交代制勤務で基本的に突発的な残業などはない。だから良いとはいえない労働環境でありながら、会社に文句を言うわけでもなく、だいたいにおいて受け入れて日々を過ごしている。

「おたくのとこはこんど小学校じゃないの？」

「そう。孫がね。なんか私立に入れたいとかって、また金のかかることになってるわけ」

「じいちゃん頼られてるんだ」

「うちだって余裕はないからね。祝い金出すくらいだよ。うっかりランドセル買ってやるって言ったらさあ、いくらだと思う？　オーダーメードで八万円だって。そんな高いカバン、俺だって買ったことないのに」

日勤でも夜勤でも、雑談に花が咲く。

この仕事に出世という野心を抱く余地はない。同僚の間で何かを競うこともない。大学を出たとき、将来工場で警備員をすることになるなんて思ってもいなかったけれど、再就職するなりこの工場に派遣されてみると、自分はこの仕事が意外に性に合っていると思い始めていた。

小さい音でアラームが鳴った。三回目の外回りも水野さんとだ。

懐中電灯、無線機、ヘルメット、反射材のついた安全ベストを手順通りに身につけて三回目の巡回に出た。

今度は左回り。これも巡回のタイミングを外部に知られないために変えている。

この時刻の外回りは誰にも会わない。もう終電の時刻は過ぎているから、駅へ向かう人もいない。工業団地に隣接したわずかな住宅に駅から帰宅する人もとっくに家に着いている。

工場の塀に沿った道を歩くと、自分の足音がコンクリートの塀に反射して夜空に消えていく。

時々、頭のすぐ上を通過する昆虫の羽音に首をすくめながら巡回を続けた。

突然、女性の悲鳴が聞こえた。

近くだ。

建物の中からではない。

「やめろ！」

今度は男の声。

走った。近い。角を曲がったあたりだ。

カーブの外になる右足を突っ張ってその急角度で角を曲がると、白い服の女性が目に留まった。すぐ横で男が二人もみ合ってる。

「やめろ！」

後ろから駆けつけた水野さんが飛びついて引き剝がそうとする。

「違います。こいつ痴漢なんです！」

腰を抱えられていた無言の男が猛然と腰に回された腕を振り切った。

「逃げるな」

水野さんが追いかける。速い！

後ろからタックル。男が転んだ。

さらに水野さんがダイブしようとしたところ、反転して仰向けになった男が水野さんの顔を蹴り上げた。たまらず水野さんがその場に倒れた。

男はあわてて起き上がり、逃げ去った。

追いかけなくては。

「佐竹さんっ！　追わなくていい！」

走りかけたところを引き留められた。顔をさすりながら水野さんが立ち上がった。

「危険なことはするな。顔は見た。この場所は防犯カメラに全部映っている。遺留品もある」

起き上がった水野さんが地面を指さした。ニューバランスのスニーカーが片方、転がっていた。

「駅の方に逃げれば別の防犯カメラもある。靴を片方しか履いていない男は顔が見えなくても犯人だと分かる。電車のない時刻だから、たぶん、この近くに住んでいる人間だ。別の日に同じ靴を履いてどこかのカメラの前を通っているかもしれない」

いいおわると、水野さんは携帯電話を取りだして警察を呼んだ。流れるようなすばらしい手際だ。

「さっき、正門を出ていったルミナ電子の方ですね」

水野さんが電話をしているあいだ、間を持たせようと思った。予想外の事態に自分はたいしたことはできない。

「そうです。事務所を出て終電に間に合うように走ったんですが、駅に着いたら事故で電車は朝まで動かないということで」

梶山さんだ。顎に擦り傷があった。

「なんと運が悪い」

「しかたなく、会社に戻ろうとした途中でこの女の人が男に腕を掴まれていたので」

女性は肩で息をしながらその場に立っていた。少し震えている。

「ありが、とう……ございます」

ほとんど空気に溶けてしまうような、小さな声だった。

「だいじょうぶですか。怖かったでしょう?」

どう対応するべきか見当が付かなかったが、何か声をかけてあげなくてはとだけ思った。

「はい。でも、すぐこの方が来てくださったので」

どこにもケガはなさそうだがまだ震えている。無理もない。

「佐竹さん、警察にはわたしが対応します。こちらの社員の人を会社へ連れて行ってケガの手当をしてあげてください。警察が話を聞きたいというと思うので、詰所で待機していてもらってください」

さすがに水野さんは現場慣れしている。

「わたしも残った方が……」

「だいじょうぶです。ここはわたしが対応します。顔の傷の手当てが先ですから詰所へご案内します。それにあなたはお疲れだ。さあ、佐竹さん、社員の方を早く正門へ」

水野さんが蹴られた頰を左手で押さえながら、こちらに指示を出した。

正門の前に成岡さんが立っていた。無線で連絡を入れてある。

詰所に入り梶山さんを椅子に座らせて、ポットからお茶を出した。

幸い額の傷は擦り傷だけのようで、消毒をして傷用のパッチを貼った。

「梶山さんですよね。梶山星矢《せいや》さん」

「どうしてわたしの名前を？」

「深夜残業届にいつも名前が載っているから」

「ああ、届が守衛所まで行くのか。知りませんでした」

「いつも名前があるし、いつのまにか覚えてしまったんです。息子がね、ずっと聖闘士星矢《セイントセイヤ》のファンだったので、孫に星矢って名前つけたんですよ。だから、まるっきり他人のようには思えなくて」

「あはは」

梶山さんは照れた。歳は三十少し前だろうか。息子より少し若い。明るい部屋でやりとりしていると颯爽といかにもエンジニア然としている。なんだか眩しかった。

「子供の時はよかったけど、いまになるとちょっとキラキラネームで恥ずかしいこともありますけど……」

「全然だいじょうぶですよ。わたしなんか名前が佐竹信之介で、ご覧のとおり眉毛が濃いもんで、クレヨンしんちゃんって呼ばれますから」

梶山さんがほんの少しの間、まじまじとこちらの顔を見て、それから控えめな笑顔を見せた。

梶山さんの緊張がほぐれていくのが分かった。

「お疲れでしょう。奥が仮眠室になってます。蚕棚になって四人分の寝床がありますから、どこでも好きなところを使ってください。警察が来たら起こします」

「でも、わたしが使ったらみなさんの場所が……」

「だいじょうぶですよ。当直は四人ですが、この仕事、全員が同時に仮眠を取ることはないのです」

「あ、それはそうですね。でも、全然眠くないんです。疲れているはずなんだけど」

散々残業をしてやっと家へ向かおうとしたところで電車がなくなってしまったら誰でも心が折れる。その上、目の前で痴漢に遭遇している女性を助けたのだ。疲れと興奮が重なっているだろう。

「まあ、あんな事件があったところですしね。そこのポットからいつでもお茶が飲めます。トイレはここにはないので必要になったら言ってください。鍵を持って本館へご案内します」

「何から何まですみません、信之介さん」

梶山さんが「しんのすけ」を強調するように少しいたずらっぽい目でこちらを見上げた。

「深夜残業届に名前があっても、夜中に正門を出るどの人がどの名前かというのはふつうはわからないんですよ」

面識のない人間に名前を知られているのはあまり気持ちのいいものではないだろう。そう思っていきなり名前を呼んだことを少し後悔した。

「梶山さんは星矢という名前が印象深かったのと、届けが出ているのが工場全体でたった一人ということがわたしのシフトでも何度かあったものですから、終電の時刻に門を出て行かれる姿を見送るときにこの人が梶山星矢という人なのだと、二ヶ月くらい前には勝手にお名前を知っていました」

派遣されたのは半年前だが、最初は見習い期間で日勤ばかりだった。

「そうなんですね。それはちょっとこそばゆいな」

「いや、気持ち悪くないですか？　話したこともない他人に名前を知られているのって」

「それがお仕事なのでしょう？　われわれは見守られているってことだ」

「見張られてるって感じますかね。警備員って、警察官もそうだけど、制服着て取り締まるぞって感じだから、あんまり人には好かれない仕事で」

「確かにね、威厳というか威圧的な雰囲気は必要ですよ。そういうお仕事には。わたしは正門を通るときにただ守衛さんと思っていて、どんな方なのか一人一人について考えたことも感じたこともなかったです。いま気がついたけど、なんというか、制服を着ていると個人よりも職務としての存在になる」

「佐竹信之介じゃなくて守衛さん警備員さんでいいんです。梶山さんのような技術者の方と違って私自身の個性や能力でする仕事ではないので。個性や人格はいらない。保安とか警備とかいうのはむしろマニュアル通りにきっちりやるのが仕事です」

　仕事の性格についていままで特別に考えたことはなかった。いま別の職種の人にもっともらしく説明している。その言葉が意外に的を射ているのではないかと自ら思った。さっきから黙って聞いている成岡さんが小さく頷いていた。

「あ、次の巡回だ。どうぞお休みになっていてください」

　タッチパネルに手を伸ばしてアラームの電子音を止めると、棚から取ったヘルメットを被り、今度は敷地内の巡回へ出た。水野さんが事件の対応をしているので、この回の敷地内巡回は成岡さんと回る。

「水野さん、すごかった」

第一研究棟外壁の配管を懐中電灯で照らしながら、成岡さんに話しかけた。配管の水漏れはない。

「追いかけるダッシュがすごくていきなりタックル決めて」

「ラグビー部だったから」

成岡さんがラグビーで有名な大学の名前を挙げた。

「えっ、そうなのか。それは本物だ」

その後は二人とも何も言わず、黙々と懐中電灯を振り、チェックポイントを辿りながら歩いていく。自分も遅れないように後を歩く。ただ、正直に言えばチェックは上の空になっていた。

いっ……。

懐中電灯を目がけて飛び込んできたのか、何かの虫が頰に当たり、信之介は小さな悲鳴を上げた。

「まだ起きていらしたんですね」

巡回から戻ったが、梶山さんはまだ隅のデスクに肘をついて座っていた。

「ちょうど警察の方が来て、いろいろ聞かれていたので」

そうだった。

「明日、改めて刑事さんが防犯カメラの映像を詳しく確認に来るそうだ」

水野さんがいう。頰に絆創膏が貼られていた。映像は本部の端末から見ることができるがこの時刻には対応できる人がいない。

「警備室のみなさんはこのお仕事長いのでしょうか」

「年寄りばかりだから長いと思うでしょ」

「いや、そういう意味では……」

「五十過ぎから働き始めたのばっかりだから、長くて八年、わたしはまだ半年」

「半年ですか。その前は？」

「半年間はハローワーク通いです。その前はデベロッパーにいました。学生時代は土木工学だったんで」

「ええっ、初めて聞いたよ。佐竹さん技術者だったの？」

驚きの声を上げたのは横にいた水野さんだった。家族のことは話した。生まれ育った土地の話もした。仕事のことを同僚に語ったことはなかった。思わず仕事のことを口にしたのは、おそらく目の前の梶山さんがエンジニアだと知っているからだ。

ほんの一呼吸する間、迷った。

「まず、日本中の地形図を眺める。その中に人の手が入っていない広い土地を探し出します。乱開発への批判もありましたから、むしろ人の手を入れることで自然が守られるように考えるんです」

気がつくと話し始めていた。

梶山さんの目を見た。ついてきてくれている。

「ちょっと逆説的でしょう？　たとえば原生林はそのままにしておくと壊れていってしまう可能性がある。植物たちも生存競争をしていてそれぞれができれば自分たちの勢力を伸ばそうとします。そうすると場合によっては植物同士の共生関係が崩れるんです」

「植物の生存競争なんて考えたことがありませんでした」

「機会があったら人の手の入ってない夏の原生林を見てみてください。声を出さない静かな、しかし、濃い緑を見ていると、そこに壮絶な生存競争があることに気づきます。時にはそれによって森のバランスが壊れて、立ち枯れた木ばかりの森ができることもあります」

「植物の生存競争……」

何かが心の琴線に触れたらしい。梶山さんの目が輝き始めている。

終電の時刻を過ぎた無機質な夜中の工場で、懐かしく緑濃い森を思い浮かべる。

たぶん梶山さんもその風景を思い浮かべようとしている。

「大きな木の下枝を切ったり、弱っている低木を取り除いたり、人の手で元気のいい植物がその元気を保つことができるようにすると、活力がある安定した森ができる」

「でも原生林にそんな人手はかけられないでしょう」

「そうなんです。人の手間が発生すればお金がかかります。その作業からお金を生み出すことができなければ続きません。たとえば植林なら、スギならスギだけの人工的に質のそろった木を生長させる。森を維持する手間をかけた分のお金がそれなりの効率で入ってきます。まあそれも自然破壊ですけどね。わずかな下草とスギしか生えていない森なんて自然界にはない。草を刈って稲を植えたのと同じです。木が育っているときは緑の森ですが一斉に伐採してしまえば裸の斜面になります」

「たしかに緑があれば自然だとは限らないですね」

「禿げ山より、たとえ人工でも緑の方がいいとは思いますけどね。

でも原生林はあまり人間の役に立たない。材木は取れない。道もないただの山。何もしなければ使い道がない場所が手つかずで残っている。細々とキノコを取るかイノシシを撃って肉を売る。せいぜい数人の生計が立つばかりの土地。

「でも、原生林が原生林のままお金を生み出せば使えるお金ができます」

梶山さんがわずかに目を見張ったのを見て、信之介の心に火が点った。

いつのまにか熱を込めて語っていた。

「リゾートです」

「リゾート？」

だれでもこの話をすると驚く。会社でもそうだった。リゾート開発は自然破壊だと思われている。そして人が手をつけないことが自然保護だと思われている。

「ちゃんとした自然を求めて、ちゃんとした自然に触れる。それが楽しい。そういうリゾートを作ろうとしたのです」

「でも自然は別に人間に優しくないですよね。虫もいる。イノシシも出る。だから……」

「そう、だから、ふつうはリゾートには人間にとって都合のよい人工の自然を作ります。でも、それは庭園のように設計された配置の木々でなくていい。植物たちが生存競争をしているさまを見せるのでいい。圧倒的な緑を見るだけで必ず人の心は息を吹き返します」

「なるほど」

梶山さんが小さくなんども頷いていた。

「日本中の地形図を目を皿にして見ました。まず水源を探します。そして広い範囲に人の手が入っていない場所を探して、道が付けられるかどうか考えます。道を引くことができる地形と水源が確保できればだいじょうぶ。道沿いの斜面の中で、ごく一部、うまく家を建てられるところを宅地にします。庭はいらない。いきなり自然。水源からそうした場所へ水を届ける水道を引きます。下の方に生活排水を処理する下水処理場を作ります。自然がそれだけ大きいからそうやって道を付けて家を建てても、人間の住む場所は千のうち一くらいにしかならないのです。自然はほとんど壊れず、自然を守るお金が得られます」

「水道まで引くんですか」

「そうでないと人が住めません」

「でかい話だなあ。それが佐竹さんの仕事だったんだ」

「発案して、計画して、会社を説得して、自治体を説得して、未開発の山林を五十年の借地契約にしてもらいました」

「すごい。どのくらいの広さなんですか」

「六百六十ヘクタール」

「そんな数字を出されても全然わからないや」

梶山さんが苦笑いをした。

「東京ドーム百四十個分」

「やっぱりわからない。想像もできない」

「ですよね」

二人で笑った。

「全然、わからんよー」

聞いていた水野さんもあとから笑った。

スマートフォンの写真アルバムから一枚の航空写真を出して見せた。

「ご覧の通り、空から見るとほとんどが森です」

写真には曲がりくねる道路が何本も緑の中にところどころ見え隠れするように続いていた。赤い屋根の建物はホテルとリゾートマンションだ。戸建ての別荘も木々の隙間からところどころわずかに見える。

「この森に戸建て別荘が千二百戸、低層のリゾートマンション七十棟でやはり千二百戸。そのために水源を探して上下水道を整備しました。

二千四百戸もの住宅があっても家とか道路とかほんとにわずかです。この地域を二千四百戸だけで成り立つリゾートにしておけば、今後も乱開発されることはありません。自然が守れるのです」

話しながら思い出していた。

国土地理院の二十万分の一、五万分の一、二万五千分の一。日本中の地形図を集めた。

国土庁の資料で開発計画がない場所を確認した。長野県のあの場所に候補地を見つけたときは、誰もいなくなった深夜のオフィスで思わず声を上げた。

千八百五十メートルの山から二つの方向に伸びる稜線に挟まれたところに名もない小さな川があり、麓近くに土砂が堆積した細い扇状地が広がっていた。平らな場所はちょうど十八ホールのゴルフ場ほどの広さがある。等高線に沿って道を作り、稜線に平行な緩やかな道で繋いでおけば、エリア全体の道路網を無理なく作ることができる。

衛星写真を手に入れ地形図に森林のイメージを重ねると、緑の下の土地を詳細にイメージできた。

次の日から図面を描きはじめた。

キーワードを洗い出して、並行して企画書も書きはじめた。

社内の合意が取れたら、自治体向けの資料と同時に政治家向けの資料も作らなければならない。とりわけ開発事業を自然破壊だと決めつけて来られそうな人物向けの資料は先入観を持たれないように注意しなければならない。

広い地域を一つのリゾートとして開発するには、まず市長や県知事を説得して、次には議会も通さなくてはならない。計画の実行には年月がかかり、議員も市長も選挙で入れ替わる。大規模な開発計画は対立候補が争点として取り上げる可能性がある。次に当選するかも知れない人をまずは敵に回さず、当選の暁には味方にしなくてはならない。大規模にリゾートとしてしまうと、小口に山林を売買して一儲けしようと考える地元の誰かの反発を受ける可能性もある。

当時でもリゾート開発は自然破壊というイメージが広がっていた。大企業だというだけで悪者にされることもある。別の政治的目的のために行政の進める大きなプロジェクトに対して反対運動が行われることもある。

自然は破壊しない。自然を守るのだ。

　リゾートにすることが自然をも守ることになるという新しいメッセージをきちんと伝えきらなくてはならない。

「数字が大きすぎてまるでピンと来ないけど、なんか、凄いということだけは分かります」

「ゴルフ場を作りたい業者に扇状地だけが買い取られてしまうと、斜面だけが残って使えなくなるし、小口に切り売りされて無理な開発が行われれば、森が壊され土砂崩れの危険が生まれます」

「夢のある仕事ですねえ。行ってみたくなります。佐竹さんが作った村を見てみたい」

「夢のある仕事でした。自然をほとんど壊さずに、むしろ健全に保つ手立てを用意して一つの町《コミュニティ》を作りました」

「それなのに定年前に会社を辞めたんでしょう?」

「ええ、だからいまここにいます」

「どうしてなんですか」

「いい仕事でした。仕事は大好きだったけど。会社が嫌いになったんです」

「どうしてまた?」

信之介が黙った。

前職の話を始めたとき、誰かが聞いてくれるなら全部話してしまおうと思っていたけれど、でも黙った。

ずっと心の奥にいつかどこかにぶちまけたい気持ちを抱いていたけど、今晩、救われたような気がした。理由はよくわからない。自分がいま幸せだと思えた。

「佐竹さん、時間」

水野さんに言われて時計を見た。熱弁を奮ってしまった。次の外周巡回の時刻を過ぎていた。

「出発時刻は、ええと、一時十分……と」

水野さんは、わざわざ声に出して、目の前で「決められた巡回開始時刻」をチェックリストに書き込んだ。本当の現在時刻は一時十六分だ。

「じゃ、行きましょう」

懐中電灯とヘルメットを渡された。水野さんの準備はすでにできていた。無言で切りのいいところまで信之介が話し終えるのを待ってくれていた。

「いってらっしゃい」

残りの二人と梶山さんに送られて塀の外に出た。いつもは梶山さんを送り出しているのに。

「すみません。つい夢中になってしまって」

一緒に歩き始めて二人が距離を取る前に謝った。

「だいじょうぶですよ。ほんとは何時に巡回しても保安上の問題は何もないんだから。毎日決まった時刻がいけないだけのことですからね。あはは、わたしがこんなことを言っちゃいけないな。内緒ですよ」

融通を利かせてはいけない。裁量を働かせることなく決められたルール通りにやる。それが安全を守る基本だ。水野さんはこの現場の責任者で警備会社のプロパーだから、もちろんルールを厳密に守らせる立場の人だ。巡回の出発時刻が遅れたことも、嘘の時刻を記入したことも、発覚すれば水野さんの責任になる。

まもなく規則通り二十メートルほどの距離を保って前後に離れた。信之介が暴漢に襲われればガタイのいいラガーマン水野さんが駆けつけてくる。二人同時に襲われないために距離を取るフォーメーションを意識しながら、チェックポイントで立ち止まる度に振り返って水野さんの安全を確認する。

だいじょうぶ。問題ないぞ。

懐中電灯を回して水野さんが応える。そうして離れた所から互いの安全を確認しながら巡回を続ける。外回りをする度にほんのりと生まれる連帯感が心地いいと感じるようになっていた。

前回と逆まわりだと四分の三周したあたりにさっき事件が起きた場所がある。いまは何ごともなく延々と続く塀に街路灯の光が当たっている。

信之介は現場で立ち止まり、後ろを振り返った。水野さんが懐中電灯を回しながら追いついてきた。遺留品が落ちていないか、もう一度、探してみよう。どうやら二人ともここへ来たらそうしようと思っていたようだ。

現場に立つと震えていた女性の姿が甦ってきた。命の危険さえ感じていたのではないだろうか。もしそうならもう二度とここを歩くことができないかもしれない。

ここは彼女にとってどういう場所だったのだろう。この場所を通ることができなくなったとしたらどういうふうに困るのだろう。工場の塀に沿った道は、もともと従業員以外に歩く人は少ない。考えても分かるはずのないことを何度も何度も繰り返し考えながら巡回を続けた。

「捕まえたかったなあ」

離れて歩くルールになっていたが、いつしか並んで歩いていた水野さんが言った。

「追いかければ捕まえられたかもしれませんね」

水野さんは元ラグビー選手ですごく足が速かったし、身体もがっちりしている。

「我々の仕事は工場を守ることだ。痴漢の犯人を捕まえることではない」

「でも……」

「犯人を追いかけて行っている間に塀を乗り越えて工場に侵入するものがいるかもしれない。もしかしたら組織的な犯行の一部で警備員を誘き寄せる陽動作戦かもしれない」

そんなことは考えてもみなかった。犯人にかましたタックルといい、警察を呼ぶまでの手際の良さといい、やっぱり警備会社プロパーの水野さんはプロフェッショナルなのだと思った。

「たぶん、そんなことはなくてあいつはただのチンピラだ」

それはきっとそうだと思う。

「でも、本気で警備の隙をついて何かをしようと考える犯人グループならそんな作戦は当然考えつく。仲間の女性を使って自作自演の痴漢事件を起こすかもしれない」

そんなことは思いもよらなかった。でも言われてみればあり得ないことではない。

「マニュアル通り仕事をするというのはそういうことなんだ。あくまでも塀の中を守る為にわれわれは塀の外の巡回をしている」

「わかりました」

「でも、捕まえたかったなあ。あの体勢から蹴り上げてくるなんて予想できなかった」

暗くて表情はよく見えなかったけれど、マニュアル通りに仕事をすることの重要性を説きながら、水野さんは相当悔しいみたいだった。

見上げる街路灯に集まる虫がさっきよりも増えていて、近づくと集団で反撃を受けるような気がした。

「この虫たち、昼間は何処にいるんでしょうねえ」

「さあなあ。夜行性だから昼はどっかに隠れて寝てるんじゃないか」

「なんだか自分たちみたいな気がしてました」

水野さんが、あははと笑った。水野さんの「あはは」は控えめな同意なのだといまではわかっている。

そうやって午前一時十分の外回りは、先ほどとは打って変わって、またいつものように何ごともなく終わった。

「涼しくなってきましたね」

梶山さんはまだ起きていた。

「寝ないんですか」

「みなさんと話ができるのが楽しくて、寝るのがもったいなくなってきました」

信之介も梶山さんが起きているのならせっかくだから話がしたいという気持ちがあった。千五百人が働いている工場で警備課の同僚以外と話す機会ができたのは初めてのことだった。

毎日のように深夜残業者リストにある梶山さんの名前は警備課の誰もが知っていた。最後に正門に立っていていつも急ぎ足で出て行く彼の姿を見送ると、当直の警備課の人間しかいなくなり、いよいよ工場が空っぽで静まりかえったような気がするのだ。

自分たちが守っているものは工場の建物や機械だけではなく、ここで働いている千五百人の従業員でもあるはずだけれど、朝一斉に通勤してくる人の群れの一人一人のことは何も分からない。夕方の退社時刻にどっと吐き出されていく人たちも、終電までに、三々五々、門をくぐっていく人たちも、顔のない人間の形をしたものでしかなかった。そして、働いている人たちにとって、自分たち警備員はやはり制服を着た顔のない何かなのだ。

〈街路灯の虫が多い〉

巡回記録簿の備考欄にはそう書いた。

「何でもいいから何かその日に気づいたことを書いておかないと、本当に巡回しないで記録簿に記入しているみたいだから、とにかく宿題の絵日記だと思って何でもいいから書け」というのが主任の水野さんの指示なのだ。

水野さんの言葉の意味は良くわかる。たとえ職務は忠実に行われているとしても、上長や他部署、とりわけ管理部門からどう見えるかということは、組織においてとても重要だと、信之介も前職で身に染みて分かっていた。

どんなに身を削って働いてもそれを見える形にしておかないと、正当な評価を得られないこともある。それは働く人間としてとてもつらくて情けないことだ。

「そろそろ始発が動くので家に帰ります」

梶山さんが壁の時計を指さしながらそう言った。

「せっかく会社にいるけど、今日は休みを取ることにしました」

その言葉を聞いてなんだかほっとした。とりあえず今日だけでも休んで欲しい。

「それがいいですよ。ゆっくり休む日だってなくちゃ」

梶山さんが小さく笑って、優しい顔になった。

「お世話になりました」

深々と頭を下げて詰所を出た梶山さんを当直の全員で見送った。

五十メートルか百メートル歩いたところで、一度振り返った梶山さんが小学生の子供のように大きく手を振るものだから、制服の四人も大きく手を振り返した。

駅へ向かう梶山さんの後ろ姿は、夜、最初に正門を出た時よりもずっと元気に見えた。

前の会社を辞めてこの仕事を選んで良かった。

信之介は改めて心からそう思うことができた。

まだ午前五時を過ぎたばかりだというのに、夏の太陽はその片鱗を見せ始めている。植栽のどこかからセミの声がする。

本書は書き下ろしです。

本作品はフィクションです。実在する個人および団体とは一切関係ありません。

（編集部）

実業之日本社文庫　好評既刊

阿川大樹
終電の神様
通勤電車の緊急停止で、それぞれの場所へ向かう乗客の人生が動き出す——読めばあたたかな涙と希望が湧いてくる、感動のヒューマンミステリー。
あ13 1

阿川大樹
終電の神様　始発のアフターファイブ
ベストセラー『終電の神様』待望の書き下ろし続編！　終電が去り始発を待つ街に訪れる5つの奇跡を、温かな筆致で描くハートウォーミング・ストーリー。
あ13 2

阿川大樹
終電の神様　台風の夜に
ターミナルの駅員、当直明けの外科医、結婚式を予定しているカップル——台風で鉄道が止まる一夜、それぞれの運命が動き出す。感動のベストセラー新作！
あ13 3

秋吉理香子
婚活中毒
この人とならと——と思った瞬間、あなたは既に騙されている！　人生はどんでん返しの連続。幸福を願うすべての人へ贈る婚活ミステリー。（解説・大矢博子）
あ23 1

五十嵐貴久
あの子が結婚するなんて
突如親友の結婚式の盛り上げ役に任命？　複雑な心境で準備をはじめるが、新郎の付添人に惹かれてしまい——!?　アラサー女子の心情を描く、痛快コメディ！
い3 5

実業之日本社文庫　好評既刊

池井戸 潤
空飛ぶタイヤ
正義は我にありだ——名門巨大企業に立ち向かう弱小会社社長の熱き闘い。『下町ロケット』の原点といえる感動巨編！（解説・村上貴史）
い11 1

池井戸 潤
不祥事
痛快すぎる女子銀行員・花咲舞が様々なトラブルを解決に導き、腐った銀行を叩き直す！ テレビドラマ「花咲舞が黙ってない」原作。（解説・加藤正俊）
い11 2

池井戸 潤
仇敵
不祥事を追及して職を追われた元エリート銀行員・恋窪商太郎。彼の前に退職のきっかけとなった仇敵が現れた時、人生のリベンジが始まる！（解説・霜月 蒼）
い11 3

伊坂幸太郎
砂漠
この一冊で世界が変わる、かもしれない。一瞬で過ぎる学生時代の瑞々しさと切なさを描いた一生モノの傑作長編！ 小社文庫限定の書き下ろしあとがき収録。
い12 1

伊坂幸太郎
フーガはユーガ
優我はファミレスで一人の男に語り出す。双子の弟・風我のこと、幸せでなかった子供時代のこと、「アレ」のこと。本屋大賞ノミネート作品！（解説・瀧井朝世）
い12 2

実業之日本社文庫　好評既刊

佐川光晴
駒音高く
将棋会館の清掃員、プロを目指す中学生、引退間際の棋士…勝負の世界で歩を進める7人の青春を描く。家族小説の名手による感動傑作！（解説・杉本昌隆八段）
さ62

知念実希人
仮面病棟
拳銃で撃たれた女を連れて、ピエロ男が病院に籠城。怒濤のドンデン返しの連続。一気読み必至の医療サスペンス、文庫書き下ろし！（解説・法月綸太郎）
ち11

知念実希人
時限病棟
目覚めると、ベッドで点滴を受けていた。なぜこんな場所にいるのか？　ピエロからのミッション、ふたつの死の謎…。『仮面病棟』を凌ぐ衝撃、書き下ろし！
ち12

知念実希人
リアルフェイス
天才美容外科医・柊貴之。金さえ積めばどんな要望にも応える彼の元に、奇妙な依頼が舞い込む。さらに整形美女連続殺人事件の謎が…。予測不能サスペンス。
ち13

知念実希人
レゾンデートル
末期癌を宣告された医師・岬雄貴は、不良から暴行を受け、復讐を果たすが、現場には一枚のトランプが……。最注目作家、幻のデビュー作。骨太サスペンス!!
ち14

実業之日本社文庫　好評既刊

知念実希人
誘拐遊戯
女子高生が誘拐された。犯人を名乗るのは「ゲームマスター」。交渉役の元刑事が東京中を駆け回るが…。衝撃の結末が待つ犯罪ミステリー×サスペンス！
ち15

知念実希人
崩れる脳を抱きしめて
研修医のもとに、彼女の死の知らせが届く……。愛した彼女は本当に死んだのか？　驚愕し、感動する、恋愛ミステリー。著者初の本屋大賞ノミネート作品！
ち16

貫井徳郎
微笑む人
エリート銀行員が妻子を殺害。事件の真実を小説家が追うが……。理解できない犯罪の怖さを描く、ミステリーの常識を超えた衝撃作。（解説・末國善己）
ぬ11

原田マハ
星がひとつほしいとの祈り
時代がどんな暗雲におおわれようとも、あなたという星は輝きつづける──注目の著者が静かな筆致で女性たちの人生を描く、感動の7話。（解説・藤田香織）
は41

原田マハ
総理の夫　First Gentleman　新版
42歳で史上初の女性・最年少総理大臣に就任した妻と、鳥類学者の夫の奮闘の日々を描いた、感動の政界エンタメが装いも新たに登場！（解説・国谷裕子）
は43

文日実
庫本業 あ 13 4
社之

終電《しゅうでん》の神様《かみさま》　殺《ころ》し屋《や》の夜《よる》

2022年8月15日　初版第1刷発行

著　者　阿川大樹《あがわたいじゅ》

発行者　岩野裕一
発行所　株式会社実業之日本社
〒107-0062　東京都港区南青山 5-4-30
emergence aoyama complex 3F
電話 [編集]03(6809)0473 [販売]03(6809)0495
ホームページ　https://www.j-n.co.jp/
ＤＴＰ　ラッシュ
印刷所　大日本印刷株式会社
製本所　大日本印刷株式会社

フォーマットデザイン　鈴木正道(Suzuki Design)

ISBN978-4-408-55744-1（第二文芸）